**PIÉGÉ DANS LE CORPS
DE LA DAME DE CANTINE !**

Biographie

Todd Strasser a fait ses débuts dans la presse écrite, puis il s'est mis à écrire régulièrement des nouvelles pour la radio et la télévision. À deux reprises, il a reçu le prix des libraires, American Library Association's Best Book for Teens. Ses ouvrages ont été traduits en une dizaine de langues.

ILLUSTRATION DE COUVERTURE
WAINE ALFANO

PIÉGÉ DANS LE CORPS DE LA DAME DE CANTINE !

TODD STRASSER
TRADUIT DE L'AMÉRICAIN
PAR YANNICK SURCOUF

Piégé dans le corps de la dame de cantine! /

PASSION DE LIRE
BAYARD POCHE

Titre original
HELP! I'M TRAPPED IN MY LUNCH LADY'S BODY!
© 1997, Tod Strasser
Tous les droits réservés. Reproduction, même partielle, interdite.
© Illustration de couverture, 1997, Wayne Alfano
© 2000, Bayard Éditions Jeunesse
pour la traduction française avec l'autorisation de Scholastic Inc.
Dépôt légal octobre 2000
Loi n° 49956 du 16 juillet 1949
sur les publications destinées à la jeunesse

ISBN : 2 747 000 39 7
ISSN : 1274-9931

Avertissement !

Que tu aimes déjà les livres ou que tu les découvres,
si tu as envie de rire, la série **Délires** est pour toi.

Attention, lecteur !
Tu vas pénétrer dans un monde excitant,
où l'humour et la fantaisie te donnent rendez-vous
pour te faire rigoler et peut-être pleurer...
mais de rire !

PREMIÈRE PARTIE

L'INVASION DES MAC CRADO

1

– Il faut agir, décréta mon copain Andy Kent.
Nous faisions la queue pour déjeuner à la cafétéria de l'école. Julia Sacks, une des grosses têtes de notre classe, se trouvait derrière nous.
– Je me demande bien pourquoi, intervint-elle.
– Parce qu'elles sont là, répondit Andy.
– Qui est là ? demandai-je.
– Je t'expliquerai plus tard, chuchota mon copain.
Nous glissions nos plateaux sur les rails devant les vitrines remplies de nourriture.
– Hé ! C'est quoi, le plat du jour ? lança Thierry Dunn.
Ce gars-là est dans notre classe. Depuis quelque

temps, il porte des anneaux aux oreilles, et ses cheveux sont rasés. Il est plutôt costaud et aime bien terroriser les sixièmes.

Une grosse dame aux joues rouges, les cheveux rassemblés sous un bonnet en plastique, se pencha par-dessus le comptoir :

– Hamburger et frites.

– D'accord, j'en prends un.

La dame de cantine lui tendit une assiette, et Thierry protesta :

– Il n'y a que dix frites !

– C'est la même ration pour tout le monde, répondit la dame.

– Celle-là ne devrait pas compter, dit-il en présentant une frite coupée en deux.

– Bon, soupira la dame de cantine. Je vais t'en donner une autre.

Elle avança sa main gantée de plastique et reprit la demi-frite. Pendant qu'elle se tournait, Thierry ouvrit son hamburger et glissa prestement le steak sous sa serviette en papier.

– Celle-là te convient mieux ?

– Oui, mais je n'ai pas de steak, répondit-il en soulevant son petit pain.

– C'est étrange, marmonna la dame de cantine.

Elle lui en donna un autre. J'échangeai un regard avec Andy. Thierry avait resquillé un steak, mais si on le dénonçait, gare aux représailles !

Anna Gluck était la suivante dans la file. Anna porte de grosses lunettes bleues et c'est le chouchou des profs.
– Un club-sandwich avec deux rondelles de tomate, s'il vous plaît.
La serveuse lui donna ce qu'elle demandait, mais elle le renvoya aussitôt.
– Il n'y a pas assez de mayonnaise, prétexta-t-elle.
La dame le reprit, lui en présenta un autre, qu'Anna refusa également :
– Le pain n'est pas frais.
– Allez, prends-le, ton truc, et file d'ici, grogna Andy. Tu retardes tout le monde.
– J'aimerais bien te voir manger un sandwich rassis sans mayo !
– Je n'aime pas ça, moi ! Si tu es aussi difficile, tu n'as qu'à t'en préparer un chez toi !
– Oh non ! J'adore ceux de la cafétéria.
– Alors, pourquoi tu les renvoies tous ? s'étonna Andy.
– Parce que je veux un sandwich parfait, répliqua-t-elle sur un ton hautain.
Au bout du compte, Anna changea d'avis et commanda le plat du jour. Je demandai la même chose, et Andy aussi. Entre temps, Thierry Dunn était arrivé à la caisse. Il sortit de sa poche un billet d'un dollar roulé en boule.
La caissière était une grande maigre trop

maquillée à l'œil charbonneux et aux pommettes rouge vif. Sa chevelure ressemblait à une crinière de lion.
– Tu ne peux pas transporter ton argent dans un porte-monnaie comme tout le monde ? grogna-t-elle en déroulant le billet.
– Oh ! Je n'y avais pas pensé, répondit Thierry, jouant les imbéciles.
– Aahhh !
La caissière venait de bondir de son siège, comme piquée par une guêpe. Le billet de Thierry tomba à terre, et un énorme cafard en sortit, provoquant un mouvement de panique dans la file. Thierry en profita pour récupérer en douce son billet et s'éloigna en sifflotant comme si de rien n'était.

2

Le calme étant revenu, j'allai m'asseoir avec Andy à notre table habituelle.
– Je n'arrive pas à y croire! grognai-je. Thierry a eu un hamburger supplémentaire, et il est parti sans payer!
– Les dames de cantine se font trop chahuter, commenta Andy.
– Elles n'ont que ce qu'elles méritent, intervint notre copain Josh Hopka en prenant place à notre table.
Il venait de l'autre côté de la cafétéria, où s'alignaient depuis peu des rangées de distributeurs de nourriture automatiques.

– Comment pouvez-vous encore avaler la cuisine infâme de la cantine, alors qu'on peut s'offrir un super repas Mac Crado ?

Il avait pris le menu Happy-Miam, composé d'un hamburger, de frites, d'un milk-shake et d'un brownie. Le tout était sous emballage polystyrène à l'emblème de la compagnie.

– Le vote a lieu quand ? demandai-je.

– Demain, répondit Josh. Et je suis sûr que les distributeurs vont gagner la partie.

Il mordit dans son brownie, l'air réjoui. Je regardai autour de moi. Josh avait raison : de plus en plus d'élèves mangeaient Mac Crado. Cette compagnie avait installé ses machines à l'essai dans notre cafétéria. Les élèves allaient bientôt voter : il nous faudrait choisir entre le système automatique et la nourriture préparée par l'école. Une dame de cantine arriva vers nous d'un pas résolu. Elle était trapue, avec des tatouages sur les avant-bras et une ombre de moustache. Ses cheveux courts étaient dissimulés sous un bonnet en plastique transparent.

– Profil bas, chuchotai-je. Voilà l'adjudant-chef !

– Josh ! Tiens-toi droit ! ordonna-t-elle.

– Oui, Madame.

– Tu manges comme ça chez toi ? continua-t-elle sur le même ton agressif.

– Comme quoi ? s'étonna Josh.

– Chez toi, tu commences par le dessert ?
– Non, mais…
– Alors, tu manges d'abord ton hamburger, et ensuite tu prendras ton dessert ! aboya l'adjudant-chef.
– Oui, Madame.
Elle se tourna alors vers Andy et le foudroya du regard.
– Et toi ? fit-elle en désignant le sol. C'est ta serviette ?
Andy vérifia et hocha la tête d'un air penaud.
– Alors, tu connais la loi ! Tu te lèves, tu la ramasses et tu vas récupérer quatre autres objets qui traînent. Hop ! Hop !
Andy quitta précipitamment son siège et arpenta la salle. Il trouva quatre emballages, les plaça dans une corbeille et revint au pas de course.
La dame de cantine croisa les bras.
– Tu as couru ? gronda-t-elle. Alors, tu me fais cinq allers-retours au pas !
– Oh, s'il vous plaît ! protesta Andy.
– Tu as entendu ? Exécution !
Andy dut traverser cinq fois la salle en marchant de la corbeille à la table.
– C'est mieux, conclut la cantinière moustachue avant de s'éloigner.
– Qu'est-ce qui lui prend ? demanda Josh.
– Tu serais sur les nerfs, toi aussi, si ton sort

dépendait du vote d'une bande de mômes, répondit Andy.

À cet instant, un groupe de lycéens, dont certains brandissaient des pancartes, fit irruption dans la cafétéria en chantant : « La vraie cuisine, c'est celle de la cantine ! Mac Crado, c'est zéro ! »

Les panneaux disaient :

SAUVEZ LES CANTINIÈRES !
OUI AUX HUMAINS, NON AUX MACHINES !
POLYSTYRÈNE, C'EST LA GANGRÈNE !
TROIS MAC CRADO, QUINZE KILOS DE TROP !

La personne qui ouvrait la marche de cette manifestation et qui braillait le plus fort était ma sœur Jessica.

3

– Jessica ne devrait pas se trouver au lycée ? s'étonna Josh.
– À ton avis ? grommelai-je.
Ma sœur me repéra et fonça droit sur ma table.
– Rejoins-nous, Jack, me pressa-t-elle. Toi et tes copains, aidez-nous à combattre Mac Crado !
– Pourquoi ? demanda Josh en mordant dans son hamburger.
Jessica fronça les sourcils en remarquant les emballages sur son plateau :
– Tu ne t'inquiètes pas pour l'environnement et les cantinières ?
– Pas vraiment, répondit-il en haussant les épaules.

– Les emballages en polystyrène ne sont pas biodégradables, lui apprit Jessica. Et, à cause des machines Mac Crado, les dames de cantine vont perdre leur emploi.

Josh désigna le panneau marqué «SAUVEZ LES CANTINIÈRES» que brandissait ma sœur :

– Étant donné le gabarit de certaines, vous auriez dû marquer «Sauvez les baleines».

– C'est du sexisme ! C'est scandaleux ! s'écria Cathy, la meilleure amie de ma sœur.

Le reste du groupe foudroya Josh du regard.

– Hé ! Je plaisantais ! protesta-t-il.

– Ça n'a rien de drôle ! Les cantinières sont des êtres humains comme toi et moi, reprit Jessica sur un ton docte. Que dirais-tu si on se moquait de toi comme ça ?

– Rien, répondit Josh. Andy et Jack n'arrêtent pas de m'envoyer des vannes de ce genre.

– C'est lamentable, soupira Jessica. Mais je suis surtout désolée pour les cantinières. Elles sont employées ici depuis des années. Maintenant, elles risquent de se retrouver au chômage.

Jessica brandit son panneau :

– Alors ? Vous venez protester avec nous ?

– Tu ne devrais pas être au lycée à cette heure ? lui rappelai-je.

– J'ai obtenu l'autorisation de conduire cette manifestation, expliqua-t-elle. Je prépare un sujet

sur les modifications à apporter au gouvernement dans le cadre de l'instruction civique.
— Ce n'est pas le gouvernement, ici, intervint Josh. On est au collège.
— L'école est une forme de gouvernement, répliqua-t-elle.
— Franchement, Jessica, dis-je, pourquoi un tel tapage pour une poignée de cantinières ?
— Elles font partie de notre vie. Elles nous nourrissent et s'occupent de notre éducation. Crois-moi, Jack, elles te manqueront beaucoup quand elles ne seront plus là.
Je jetai un coup d'œil en direction de l'adjudant-chef. Elle avait surpris Franckie Jamison en train de courir et lui passait un savon. Si elle devait partir, je ne la pleurerais pas !
— Et tu crois que brandir des panneaux en beuglant comme des veaux va changer les choses ? demanda Andy.
— C'est un début. Nous avons proclamé demain Journée des cantinières. Nous allons poursuivre les manifestations jusqu'au moment du vote. Alors ? Vous nous aidez ?
Mes copains se tournèrent vers moi, comme si la décision finale me revenait. À cet instant, le haut-parleur de la cafétéria se mit à grésiller :
— Jack Sherman, Josh Hopka et Andy Kent ! Venez dans mon bureau immédiatement !

4

— Désolée, Jess, dis-je, faux jeton. J'aimerais beaucoup t'aider mais Blanco nous attend.
Nous nous ruâmes vers la sortie.
— Ouf! Je n'ai jamais été aussi heureux d'être convoqué chez le proviseur, commenta Josh. T'ai-je déjà dit que ta sœur est une vraie enquiquineuse?
— Tu me le dis à peu près une fois par semaine.
— Je me demande pourquoi elle s'intéresse tant aux cantinières, reprit mon copain.
— Elle n'a pas tort, intervint Andy. Tu ne serais pas content non plus de perdre ton emploi!
— Tu plaisantes? Ma mère dit toujours que l'école

est mon lieu de travail. Eh bien, je serais ravi de me retrouver au chômage, gloussa Josh.
– Tu te fiches vraiment de leur sort ? insista Andy.
– Tout ce qui m'intéresse, c'est la nourriture. Et la tambouille qu'elles nous servent est infecte. Les repas Mac Crado sont vingt fois meilleurs.
– Tu ne parlerais pas comme ça si ta mère était une dame de cantine ! lança Andy, un peu agressif.
– Si c'était le cas, on mangerait bien mieux, répliqua Josh. Je vais te dire une chose : les cantinières ne sont même pas humaines.
– Oh ! Laisse tomber ! protesta Andy.
– Je suis sérieux, insista Josh. Ce sont des clones ! Je n'en connais que quatre ou cinq modèles : l'énorme dondon, genre baleine blanche, la maigrichonne avec une tonne de maquillage, la lutteuse de foire aux bras couverts de tatouages, et un ou deux autres.
– Toi, tu es le clone d'une mule, grimaçai-je.
– C'est la vérité ! On les élève à Cantinière Parc, où elles apprennent à préparer la pire bouffe possible. Ensuite, on les lâche dans les collèges avec pour mission de rendre tous les élèves malades.
– Et chaque soir on les ramène à Cantinière Parc, je suppose, dis-je, narquois.
– Exactement, et on les enferme dans des cages jusqu'au matin suivant, répondit Andy en s'arrêtant devant les bureaux de l'administration.

– Au fait, les gars, intervint Andy, vous savez pourquoi Blanco nous a convoqués ?
Je secouai la tête et Josh m'imita.
– Bien, fit-il en pénétrant dans les bureaux. On va vite le savoir.

5

Le proviseur nous fit asseoir, puis il se pencha par-dessus son bureau et me regarda fixement.
– Est-ce vraiment toi, Jack ?
– Comment ça ? m'étonnai-je.
– Tu sais très bien de quoi je parle, reprit Blanco. Es-tu Jack Sherman ou bien est-ce quelqu'un d'autre dans ton corps ?
– Je suis Jack dans Jack, je le jure !
Le proviseur se tourna vers mes copains, l'air inquisiteur.
– Je suis Andy dans Andy, promis, juré.
– Et moi je suis Josh-éphine de Beauharnais, lança Josh, hilare.

Le proviseur ne répondit pas. Il nous toisa encore une fois d'un air mauvais et s'assit, bras croisés :
– Comme vous le savez tous les trois, j'ai vécu récemment une expérience très désagréable. Vous m'avez piégé, je me suis retrouvé dans le corps de Eric Lake[1], couvert de tarentules velues... Je déteste les araignées.
– Vous avez bien raison, c'est dégoûtant, approuva Andy.
– Ce sont de sales bestioles, renchérit Josh.
– D'ailleurs, personne ne les aime, ajoutai-je avec le plus grand sérieux.
Le proviseur poussa un grognement et s'enfonça davantage dans son siège.
– J'ai longuement réfléchi à la punition que je pourrais vous infliger, annonça-t-il avec un petit sourire. Et finalement j'ai pris ma décision.
Mes deux copains et moi échangeâmes un regard nerveux.
– Un mois de retenue ? hasarda Andy.
– Récurer les douches du gymnase à la brosse à dents ? tenta de deviner à son tour Josh.
– Une rédaction de trois cents pages sur les inconvénients d'être chef de classe ?
– Vous n'y êtes pas du tout ! répondit le directeur. J'ai réalisé que ces petites brimades ne signifient

---

[1] Lire *Piégé dans le corps d'une star*, Délires n° 228.

rien pour vous. Aussi ai-je décidé de ne pas vous punir.
– C'est vrai ? lâchai-je, stupéfait.
– Oui, confirma le proviseur Blanco. Au lieu de cela, je vais vous donner un avertissement. Et je vous conseille de le prendre très au sérieux. Si je vous surprends à commettre la plus petite bêtise – et quand je dis « petite », je pèse mes mots – cette fois, je vous renvoie à tout jamais du collège !

6

– À tout jamais, c'est long! commenta Andy comme nous retournions à la cafétéria.
– Il parle sérieusement, tu crois? s'inquiéta Josh.
– Après le coup des tarentules? Oh oui! lâchai-je en roulant des yeux.
– Même si c'est trois fois rien, comme de lancer des boulettes ou se passer des mots en classe? insista Josh.
– Ça sera la goutte d'eau qui fait déborder le vase, répondis-je.
– Quel vase? s'étonna Josh.
– C'est une expression, tête d'endive! La

moindre bêtise, ajoutée à celles qu'on a déjà commises, et Blanco déborde.
— Si on y songe, tu aurais pu dire : jeter un pavé dans la mare, intervint Andy. Ça éclabousse bien.
— Ou un bloc de béton, renchérit Josh, ça éclabousse mieux.
— Essaie de jeter un bloc de béton dans un vase, tu vas voir le résultat ! rétorqua Andy.
Josh haussa les épaules et s'arrêta devant la cafétéria :
— Vous venez ?
— Je préfère jouer au basket dans la cour, répondis-je.
Andy approuva.
— Moi, je vais terminer mon repas, je vous rejoins plus tard, conclut Josh.
Nous partîmes dans le couloir. Andy semblait préoccupé.
— Ça va ? demandai-je.
— Josh est un nullard, grommela-t-il.
— Pourquoi tu dis ça ?
— À cause de ce qu'il a raconté sur les dames de cantine.
— Il plaisantait, plaidai-je.
— Je n'en suis pas sûr. Il ne comprend rien aux gens. Il est incapable de se mettre à la place... des autres.
Andy s'arrêta net, comme frappé par un éclair de

génie. Je ne suis pas devin, mais je compris aussitôt à quoi il songeait :
— Oublie ça, Andy. N'y pense même pas !
— Ça serait parfait, pourtant ! Si Josh se retrouvait dans le corps d'une cantinière, il comprendrait vite son malheur !
— Tu es fou ou quoi ? Tu as entendu les menaces de Blanco ? Si on fait la moindre bêtise, on est grillés !
— Faux ! C'est seulement s'il nous *surprend* à faire une bêtise…
— Hors de question ! Je ne joue plus avec la machine de Pondu. D'ailleurs, elle est enfermée à double tour dans son labo de sciences, et il n'est toujours pas revenu de son expédition en Amazonie !
M. Dupond (alias Pondu) est notre prof de sciences. Il a inventé une machine censée transférer l'intelligence d'une personne vers une autre. Seulement, elle n'a jamais bien fonctionné : elle ne fait qu'échanger les corps.
— Tu as toujours la mini-machine qu'il t'a confiée, insista Andy.
— Oublie !
— Allons, Jack ! Je veux lui donner une leçon. Ça ne durera qu'une petite journée, supplia Andy.
— Rien à faire ! Je comprends tes sentiments, mais c'est toujours non ! J'ai appris au moins une

chose : à chaque fois qu'on utilise les machines de Pondu, ça se termine mal.
Andy se mit à ronchonner :
– Merci, Jack ! C'est sympa d'avoir des amis.

7

Nous étions convenus de nous retrouver chez Andy en fin d'après-midi, après les cours.
– Alors, les gars, vous êtes prêts? nous lança-t-il en sortant son VTT du garage.
– Non, mais quelle différence? demanda Josh.
– Enfin! Vous ne trouvez pas ça génial? Personne ne l'a jamais fait avant!
– Il y a plein de choses que personne n'a jamais faites : découper une voiture en petits morceaux pour la manger, enfoncer un skateboard dans sa narine...
– D'accord, j'ai compris le message, l'interrompit Andy. Mais là, c'est différent. Trois personnes rou-

lant à reculons sur un VTT, c'est du jamais vu !
– Je ne vois toujours pas l'intérêt.
– L'intérêt, c'est qu'Andy a envie d'essayer, tranchai-je. Alors : casques ?
– En place ! dit Andy.
– Genouillères ?
– Attachées, lança Josh.
– Protège-coudes ?
– Idem, annonça Andy.
– Je vous explique la manœuvre. Je suis sur la selle. Jack monte sur les cale-pieds de la roue arrière et Josh grimpe sur le guidon. Allez, on tente le coup…

La nuit commençait à tomber quand je rentrai chez moi. Après quelques bonnes bûches, Andy avait finalement conclu qu'il était impossible de rouler à trois personnes à reculons. Heureusement, grâce à nos multiples protections, personne n'avait été blessé.
Ma mère m'apprit que Jessica s'était rendue chez Cathy pour mettre au point sa Journée des cantinières.
Le lendemain matin, quand je descendis, ma sœur se trouvait déjà dans la cuisine. Elle préparait de nouveaux panneaux pour sa manifestation. Vu les nombreux marqueurs vides qui jonchaient la table, elle devait y être depuis des heures.
– Sérieusement, Jessica, dis-je, tu ne trouves pas

stupide de t'impliquer dans toutes ces causes ?
Elle leva les yeux vers moi :
— Tu veux vraiment vivre dans un environnement pollué ?
— Ça, non. Je pensais à tes actions en faveur des dames de cantine.
Ma sœur posa son marqueur et poussa un profond soupir :
— D'accord, Jack, je vais tenter de t'expliquer ! Autrefois, quand les gens avaient besoin de quelque chose, ils s'adressaient à d'autres gens. S'ils voulaient de l'argent, ils passaient voir le caissier de leur banque. Quand ils voulaient téléphoner, ils appelaient l'opératrice. Aujourd'hui, tout passe par des machines.
— Et alors ?
— Les gens ont besoin des autres, Jack. Il ne faut pas que les machines prennent le dessus. Elles sont... impersonnelles.
— Et si elles font un meilleur travail que les humains ? rétorquai-je.
— Pour des tâches abrutissantes et répétitives comme sur une chaîne d'assemblage, je comprends qu'on utilise des robots, approuva ma sœur. Mais aujourd'hui on met des machines partout. Tu aimes parler aux machines, toi ?
— Je trouve ça plutôt rigolo...
Ma sœur secoua la tête, l'air dépité.

– Crois-moi, Jack. Le jour où elles auront remplacé tous les humains, tu regretteras de ne plus avoir personne à qui parler.
– Ce que je regrette pour l'instant, c'est de n'avoir rien à manger !
– Tu n'as qu'à te préparer ton petit déjeuner tout seul !
– Quoi ? protestai-je. Mais… tu me le sers tous les matins !
Depuis quelques mois, ma mère partait très tôt à son travail et c'était Jessica qui s'occupait du petit déjeuner.
– Tu vois ? répliqua-t-elle avec un sourire en coin.
– Ça ne prouve rien ! m'énervai-je. Tu n'es pas une dame de cantine, tu es ma sœur !
La sonnette de l'entrée retentit à cet instant.
– Tu sais qui est là ? dis-je d'un ton menaçant.
Josh et Andy avaient pris l'habitude de s'arrêter chez moi pour prendre le petit déjeuner. Les parents de Josh étaient partis en voyage et la mère d'Andy, comme la mienne, commençait son travail très tôt.
– Ils seront très fâchés quand ils verront que tu n'as rien préparé !
– Oh ! Je tremble ! ricana Jessica.
J'allai ouvrir. Josh était seul.
– Où est Andy ?
– Il est déjà parti au collège. Il avait des trucs à faire.

Josh se frotta les mains, la mine gourmande.
— Alors ? Quel est le menu d'aujourd'hui ? Je parie qu'il y a des gaufres !
— Non, des pancartes au sucre ! répondis-je en le conduisant jusqu'à la cuisine.
Josh sursauta en apercevant les panneaux jonchant la table :
— Qu'est-ce que c'est que ça ?
— Notre dernière chance de sauver les dames de cantine, répondit Jessica.
Josh leva les yeux au ciel et se tourna vers moi :
— Viens, Jack, on va prendre le petit déjeuner au collège.
— Je vous signale qu'il n'y a pas de service le matin, dit Jessica.
— Si, bien sûr. La compagnie Mac Crado a installé une machine spéciale petit déj' et une autre spéciale goûter. Allez, Jack, tu es mon invité.
Deux coups de klaxon retentirent au-dehors.
— C'est Cathy, annonça Jessica. Sa mère nous conduit à votre collège. On peut vous emmener si vous acceptez de protester avec nous.
— Laisse tomber ! lança Josh.
— Tu le regretteras, le prévint ma sœur.
— Il vaut mieux avoir des regrets que des crampes d'estomac, rétorqua Josh en se dirigeant vers la sortie.

8

En arrivant au collège, nous trouvâmes Jessica en train de manifester devant l'entrée avec quatre autres lycéens en faveur des dames de cantine. Anna Gluck les avait rejoints. Des panneaux et des banderoles s'entassaient à côté d'eux. Ma sœur nous appela dès qu'elle nous aperçut :
– Hé, les gars ! Prenez des pancartes et venez avec nous ! On a besoin de renfort !
Inutile de le dire : la totalité des élèves entrait dans les bâtiments sans même leur accorder un regard.
– Ta manifestation n'a pas un succès fou ! commentai-je.

– C'est parce qu'ils ont peur que leurs copains se moquent d'eux s'ils nous rejoignent.
– Ils préfèrent peut-être la nourriture des machines, suggéra Josh.
– En tout cas, la compagnie Mac Crado ne propose pas de club-sandwiches, intervint aussitôt Anna Gluck.
– Anna, on ne t'a jamais dit que tu étais une mutante bigleuse élevée à la mayonnaise? lui demanda poliment Josh.
Je l'entraînai rapidement à l'intérieur du collège avant que le ton monte :
– Allez, laisse-les tranquilles.
Nous allions vers la cantine quand je repérai Andy devant nos casiers.
– Hé, Andy! l'appelai-je.
– Oh! Salut, les gars! lança-t-il avec un sourire gêné.
Je vis alors une paire de câbles de batterie munis de pinces, qui dépassaient de son sac à dos :
– C'est pour un devoir de sciences?
– Oui, oui, c'est ça..., bredouilla-t-il nerveusement.
– Tu veux un petit déj' Mac Crado? demanda Josh. C'est moi qui invite.
– Super, répondit-il. Mais partez devant. Je vous rejoins dans une seconde.
– Tu vois? Même Andy apprécie la nourriture des machines, me dit Josh en chemin.

Dans la cantine, il y avait un attroupement autour des distributeurs. Thierry Dunn était agenouillé devant celui du petit déjeuner, un bras enfoncé dans la trappe.
– Qu'est-ce qui se passe ? demandai-je à Alex Silver, qui se trouvait là.
– Thierry essaie d'attraper un petit déj' gratuit.
Nous restâmes un instant à le regarder farfouiller à l'intérieur de la machine. Thierry se leva bientôt et se mit à secouer le distributeur comme un prunier. Des bruits bizarres résonnèrent à l'intérieur. Il tenta à nouveau sa chance.
– Je sens quelque chose, grogna-t-il en fouillant la trappe.
– Moi, je sens mon estomac qui gargouille ! protesta Josh. Figure-toi que je n'ai encore rien mangé !
– La ferme ! aboya Thierry, toujours aussi gracieux. Ou tu vas te manger un pain dans les dents !
La sonnerie retentit, interrompant ces amabilités. Nous avions permanence en première heure.
– Bravo ! cria Josh. Je vais devoir attendre midi maintenant !

9

Au moment où nous quittions la cafétéria, j'aperçus Andy, qui sortait des cuisines.
– Qu'est-ce que tu faisais là-dedans ? lui demandai-je.
– Euh… rien. Alors ? Comment était le petit déj' Mac Crado ?
– On n'a pas pu le prendre, grommela Josh. Cette andouille de Thierry secouait la machine pour en avoir un gratuit.
Après la permanence, nous avions un cours de maths. Ensuite, nous étions censés aller en gym. Dans le hall du collège, Andy et Josh bifurquèrent

brusquement dans la direction opposée à nos casiers.
— Où allez-vous, les gars ?
— Je dois montrer quelque chose à Josh, répondit aussitôt Andy. Pars devant, on te rejoint.
— Je peux vous accompagner ?
— Non, ça ne te concerne pas…
Sur ces mots, il entraîna rapidement Josh dans le couloir.
Je me rendis à mon casier pour prendre ma tenue de gymnastique. Andy avait un comportement bizarre. Où emmenait-il Josh ? Pourquoi tous ces secrets ?
Je commençai à me changer, mais ils ne revenaient pas. La sonnerie allait bientôt retentir, et ils seraient en retard.
Quand elle résonna, Josh et Andy étaient toujours absents. Décidément, il se passait des choses étranges. Je me dirigeai vers le gymnase tout en réfléchissant à la situation.
Andy était parti en avance au collège, et pourtant ce n'était pas dans ses habitudes. Je l'avais croisé devant nos casiers bien avant le début des cours. Il transportait des câbles de batterie dans son sac à dos. Puis on l'avait surpris sortant des cuisines du réfectoire.
Dans le gymnase, j'avisai Franckie Jamison. Il est dans le même groupe qu'Andy en classe de sciences.

– Salut, lançai-je. Vous travaillez sur l'électricité en ce moment ?
– Non ! On observe des bestioles au microscope...
– Aucune expérience avec des câbles de batterie ? insistai-je.
Franckie ouvrit de grands yeux étonnés :
– Pas du tout...
Andy avait donc menti ! Ça ne voulait dire qu'une chose !
Dans la seconde qui suivit, je quittai le gymnase et retournai à fond de train vers mon casier, où la mini-machine de Pondu était cachée sur l'étagère du haut, emballée dans un vieux sweat-shirt. J'ouvris la porte et soulevai le vêtement.
La machine avait disparu !

10

Je fonçai aussitôt vers la cafétéria. Je devais à tout prix arrêter Andy avant qu'il échange Josh avec...
– Sherman ! Arrête-toi immédiatement !
Je freinai des deux pieds. Le proviseur Blanco venait de surgir d'une salle de classe derrière moi.
– Combien de fois t'ai-je dit de ne pas courir dans les couloirs ? gronda-t-il.
– Euh... Je suis censé courir, bredouillai-je. Je suis en gym.
Blanco fronça les sourcils :
– Et pourquoi ne cours-tu pas dehors ?
– Quand il pleut, on court à l'intérieur, expliquai-je.

– Il ne pleut pas, s'étonna Blanco.
– Je sais, mais je m'entraîne pour les jours de pluie.
Le proviseur cherchait quoi répondre quand Mlle Hub, sa vieille secrétaire aux cheveux blancs, sortit des bureaux :
– Monsieur Blanco ? Les urnes pour le vote de ce soir viennent d'arriver. Vous devez signer le bon de livraison.
Blanco se tourna vers moi :
– Ça va pour cette fois, Jack. Tu peux continuer ton entraînement.
Je poussai un soupir soulagé et repartis en quatrième vitesse.
Je déboulai dans la cafétéria. Elle était vide. Où étaient Josh et Andy ? Je perçus des voix du côté des présentoirs de nourriture, et je m'y ruai aussitôt. Les trois cantinières étaient en train de discuter dans la cuisine. Josh et Andy se trouvaient de l'autre côté, accoudés à la glissière.
La mâchoire d'Andy tomba d'un coup quand il m'aperçut.
– Qu'est-ce que tu fais là, Jack ?
Je ne répondis pas. Je cherchais le mauvais coup qu'il avait mijoté quand je remarquai un des câbles qui dépassait du comptoir métallique. L'autre disparaissait sous la glissière.
Je plongeai sous le comptoir. La mini-machine

était cachée en dessous, maintenue par du scotch. Andy l'avait connectée aux câbles de batterie et transformé les présentoirs en une gigantesque machine de Pondu !
À cet instant, Andy se pencha et étendit le bras.
– Ne fais pas ça! hurlai-je.
– Ne fais pas quoi? demanda une cantinière.
VLAN ! BLANG !

DEUXIÈME PARTIE

BIENVENUE À CANTINIÈRE PARC

11

Quand j'ouvris les yeux, j'étais allongé sur le sol de la cuisine. Tout apparaissait comme dans un brouillard mais bientôt cinq visages se penchèrent sur moi. Le premier était le mien ! Les autres appartenaient respectivement à Andy, Josh, à la grosse cantinière aux joues rouges et à la maigrichonne maquillée comme une voiture volée.
Ça ne signifiait qu'une chose : j'avais échangé mon corps avec l'adjudant-chef !
— Mirabelle ? demanda Josh.
— Je suis Mirabelle, répondit celle qui se trouvait dans mon corps.

— Je suis Prune, intervint celle qui occupait celui de Josh.
— Et moi, je suis Myrtille, dit la personne qui était dans Andy.
— C'est une blague ? demanda la grosse cantinière, que je soupçonnais être Josh.
— Comment ça ? s'étonna la dénommée Myrtille/Andy.
— Vos prénoms !
— On n'a pas le droit d'avoir des prénoms ? aboya l'adjudant-chef, piégé dans mon corps.
— Si, je suppose, répondit Josh avec la voix de la grosse cantinière. Mais Myrtille, Mirabelle et Prune, c'est plutôt fruité.
— C'est une coïncidence, grommela en moi l'adjudant-chef en fronçant mes sourcils.
— Nous, on trouve ça assez chou, ajouta la grosse cantinière dans le corps de Josh.
— Je ne voudrais pas déranger, intervins-je. Mais je crois qu'on s'éloigne du sujet.
— Quel sujet ? demanda la cantinière dans Andy.
— Qui êtes-vous ? demandai-je à la maigrichonne trop maquillée.
— Je suis Andy, répondit-elle.
— Moi, je suis Josh, dit la grosse cantinière.
— Et moi, je suis Jack, dis-je sur le ton bourru de l'adjudant-chef.

– Je ne comprends pas, intervint le vrai adjudant dans mon corps.
– On a échangé nos corps, expliqua Andy/Myrtille.
– Ça veut dire que nous ne sommes plus des dames de cantine ? demanda Prune, piégée dans le corps de Josh.
– On est devenus des ados ! s'exclama Myrtille transférée dans le corps d'Andy.
– Génial ! J'en ai toujours rêvé ! s'écria Mirabelle, qui habitait à présent dans mon corps. Allez, Prune, claque-m'en cinq !
Et elles se tapèrent dans les mains, une fois en haut, une fois en bas. Les trois cantinières se mirent à glousser.
– Hé, les filles ! Regardez !
Myrtille/Andy s'empara d'une pizza et la lança comme un Frisbee à travers le réfectoire.
– Excellent ! approuva Mirabelle.
Et je la vis – je me vis ! – prendre un pudding et le projeter violemment sur le mur, où il s'écrasa avec un bruit mou.
– Génial ! J'ai toujours voulu faire ça !
Prune – dans le corps de Josh – souleva une grosse gamelle remplie de crème fraîche et la lança tel un missile au plafond.
Mes copains et moi regardions, ébahis, nos corps habités par les cantinières qui s'acharnaient à

transformer la cuisine en champ de bataille. Bientôt, les murs, les frigos et les plans de travail se retrouvèrent ruisselants de nourriture.
– Attendez une minute ! s'écria Prune/Josh. Qu'est-ce qu'on fabrique encore ici ?
– Tu as raison ! renchérit Mirabelle dans mon corps. On n'a plus à rien à faire dans cet infâme réduit !
Les trois cantinières dans nos corps se précipitèrent en gloussant vers la sortie des cuisines.
– Hé ! Pas si vite ! aboyai-je sur le ton de l'adjudant-chef.
Elles s'arrêtèrent aussitôt.
– Ça ne durera pas ! poursuivis-je. Vous allez devoir nous rendre nos corps !
– Pourquoi ? s'offusqua Myrtille/Andy.
– Ça a toujours été comme ça, ajouta le vrai Andy.
– Ça fait partie du marché, insista Josh/Prune.
– On a conclu un marché, les filles ? demanda Mirabelle en tournant ma tête vers ses collègues.
Les deux autres secouèrent énergiquement la leur.
– Qui voudrait échanger un corps presque neuf contre un vieux ?
– Personne ! répliquèrent-elles en chœur.
– Désolés, les gars, euh… pardon, les filles ! On va les garder.

Et sur ces mots, les trois cantinières, gloussant de plus belle, quittèrent les cuisines, en emportant nos corps !

12

J'échangeai un regard inquiet avec mes amis.
— Tu sais, m'annonça Josh/Prune. Ça ne me gênerait pas beaucoup qu'elles empruntent nos corps si elles ne passaient pas leur temps à glousser comme des pintades.
— C'est vrai, approuva Andy/Myrtille. Tout le monde va croire qu'il s'agit de nous. Bonjour la réputation !
— Hé, les gars, vous êtes totalement en dehors du coup, intervins-je.
— De quel coup parles-tu ? s'étonna Josh/Prune.
— C'est vrai, approuva Andy. On est soit en dehors

du coup, sur le coup ou dans le coup. Mais j'aimerais savoir de quel coup il s'agit.

— Toi, tu es à côté de la plaque, répliquai-je.

— Alors, dis-moi ce que ça donne quand on est à la fois dans le coup et à côté de la plaque? demanda Josh.

— Qui a une plaque dans le cou? voulut savoir Andy.

— Soyons sérieux trente secondes! tranchai-je. Les cantinières se sont enfuies avec nos corps.

— Exact, et elles en profitent pour glousser, insista Josh.

— C'est gênant, mais il y a pire: elles n'ont pas l'intention de nous les rendre! Et je n'ai aucune envie de rester cantinière jusqu'à la fin de mes jours.

Andy/Myrtille enroula pensivement une boucle noire autour de son doigt:

— Que suggères-tu donc?

— Il faut les arrêter avant qu'elles commettent un mauvais coup.

— Mauvais coup? répéta Josh en trémoussant les formes généreuses de Prune.

— Rattrapons-les, c'est tout ce que je vous demande, soupirai-je.

13

Je me précipitai hors des cuisines, mes copains à ma suite. Heureusement, les dames de cantine piégées dans nos corps n'étaient pas parties bien loin. Nous nous vîmes devant les distributeurs.
— Qu'est-ce qu'on fait? demandai-je.
— On dirait qu'elles vont goûter la nourriture des machines, dit Andy/Myrtille.
Il, ou plutôt elle, avait raison. Les trois dames de cantine s'installèrent à une table pour partager une sélection des menus Mac Crado.
Prune/Josh mordit joyeusement dans un hamburger.

– Ce n'est pas mauvais, approuva-t-il. Comment sont les frites, Myrtille ?
– Croustillantes, mais ça manque de sel, à mon goût, répondit-elle en secouant les cheveux noirs d'Andy. Et ton milk-shake, Mirabelle ?
La cantinière qui occupait mon corps souffla dans sa paille pour faire des bulles :
– Épais et sucré, juste comme j'aime.
Je m'approchai de leur table :
– Excusez-moi, dis-je, mais comment pouvez-vous apprécier cette bouffe ?
– Et pourquoi n'aimerait-on pas ? gronda l'adjudant-chef dans mon corps.
– Parce que ces machines vont sans doute vous mettre au chômage.
– Désolé, chérie, intervint Myrtille en jouant avec les cheveux noirs d'Andy. C'est *vous* qui allez perdre vos emplois.
– Bien vu, dit Josh/Prune.
– Qu'est-ce que tu as vu ? demanda Andy.
– Laisse tomber, soupirai-je.
J'entraînai mes copains à l'écart pour que les cantinières qui nous avaient volé nos corps ne puissent pas nous entendre.
– Écoutez, dis-je. On doit trouver un plan.
– C'est vrai, approuva Andy, qui enroulait une boucle noire de Myrtille autour de son index. Il faut savoir ce qu'on fera si on se retrouve au chômage.

— Tu pourrais ouvrir un salon de coiffure, ironisa Josh/Prune.
— Je pensais plutôt à un stage pour devenir astronaute, répondit Andy d'un air songeur.
— Tu serais la première cantinière de l'espace, commenta Josh.
— Et tu irais servir des frites aux martiens ! tranchai-je. Vous êtes totalement en dehors du... sujet. Si on n'agit pas vite, on va rester dans ces corps !
— Bien vu, approuva Josh.
— Qu'est-ce que tu as vu ? dit Andy.
— Assez ! aboyai-je, très adjudant-chef. Il faut qu'on décide !
— À propos de quoi ?
— Des cantinières, tête d'endive !
— Elles s'en vont ! annonça Andy en ouvrant grand ses yeux maquillés.
— Quoi ?
Les dames de cantine dans nos corps avaient quitté leur table et se dirigeaient vers la sortie.
Je me précipitai à leur suite, mais Josh, qui n'avait pas pris de petit déjeuner, s'arrêta pour terminer les hamburgers qu'elles avaient abandonnés.
— Partez devant, annonça-t-il entre deux bouchées. Je vous rejoins.
Je sortis dans le hall, Andy sur mes talons, et là, je stoppai net.

– Oh non ! gémis-je. Voilà qu'elles sautillent maintenant !

Les trois cantinières dans nos corps se tenaient bras dessus bras dessous et levaient la jambe comme des danseuses de cabaret.

– Si elles continuent, on va passer pour des kangourous frappadingues ! me lamentai-je.

– Elles dansent plutôt bien, je trouve, commenta Andy tout en rajustant sa coiffure frisottée.

– Ça ne va pas ? m'écriai-je. Elles doivent immédiatement arrêter !

– Arrêter qui ? demanda soudain une voix dans notre dos.

Je me tournai : Blanco venait de sortir de son bureau.

14

— Pourrais-je savoir ce que vous faites dans le hall, Mesdames ? demanda le proviseur. Ne devriez-vous pas réchauffer les repas de midi ?
Andy et moi échangeâmes un regard nerveux.
— C'est ce qu'on fait, répondit-il. On…
— On s'échauffe pour midi ! m'exclamai-je en agitant les bras musclés de Mirabelle.
— Exact ! approuva aussitôt Andy/Myrtille. On doit rester en forme pour servir les plats. Ce n'est pas une petite affaire.
— Et pourquoi ne pas vous échauffer en les réchauffant ? répliqua Blanco. Vous n'avez rien à faire dans les couloirs.

Juste à cet instant, Josh déboula dans le hall.
– Où sont-elles parties ? souffla-t-il en soulevant l'abondante poitrine de Prune.
– Qui ça ? demanda Blanco.
– Les autres cantinières, ajoutai-je aussitôt.
– Comment ça ? protesta Blanco. Il y a d'autres cantinières dans l'établissement ?
Oh-oh ! Il me fallait trouver une explication… très vite !
– D'accord, Monsieur le Proviseur, je vais vous avouer la vérité. On s'entraîne pour…
– Le décathlon des dames de cantine ! cria Andy.
Tout le monde le contempla comme s'il, pardon, elle, était devenue fou/folle.
– Le *quoi* ? souffla Blanco.
– Le décathlon des dames de cantine, expliqua Andy. Les meilleures de tout le pays se réunissent une fois l'an pour des épreuves comme…
– Le service rapide le plus rapide, enchaînai-je.
– Le soulever de gamelles de cantine, poursuivit Josh.
– L'essuyage de table impeccable…
– Le rendu de monnaie pile-poil…
– L'asticotage de garnements…
– Asticotage de garnements ? reprit Blanco, incrédule.
– Regardez ! s'écria soudain Andy.
Il tendit sa main aux ongles vernis en direction

des baies vitrées du hall. Les trois dames de cantine dans nos corps sautillaient allégrement dans la cour, se dirigeant vers les grilles de la sortie.
– Évidemment! Kent, Hopka et Sherman, siffla Blanco entre ses dents. Où croient-ils aller?
– Vous devriez peut-être les empêcher de partir? demandai-je innocemment.
– Non! s'exclama Blanco, vert de rage. Je vais faire mieux encore! Je vais les virer définitivement!
– Mais…, voulus-je protester.
– Quant à vous trois, retournez au travail! rugit-il. Si vous voulez vous entraîner pour votre décathlon, faites-le pendant votre temps libre!

15

Mes copains et moi, piégés dans nos corps de cantinières, regagnâmes les cuisines d'un pas lourd.
– Je t'avais pourtant prévenu de ne pas jouer avec la mini-machine, grognai-je à l'adresse d'Andy. Maintenant, on va se faire virer.
– Pas nous, rectifia-t-il. Elles…
– Mais elles, c'est nous !
– Non… Nous, c'est nous, répondit Josh.
– Je n'y crois pas ! Vous voulez rester cantinières jusqu'à la fin de vos jours ?
– Il y a pire comme métier, répondit Andy, une main sur les hanches de Myrtille.
– Quoi par exemple ?

– Renifleur d'aisselles pour un fabricant de déodorants…
– Ou ramasseur de crottes d'éléphant dans un cirque, ajouta Josh.
– En été, renchérit Andy. Pouah !
– Ho ! Vous allez bien, les gars ? lançai-je.
– Regardez ! s'écria soudain Josh. C'est notre bus !

Un autobus venait de se garer devant l'entrée du collège. Il ressemblait à celui du ramassage scolaire, à ce détail près qu'il était rose bonbon. Une inscription s'étalait en lettres noires sur son flanc, mais d'où nous étions je ne pouvais pas la déchiffrer.

– Il ne faut pas le manquer, les filles ! s'écria Josh en mettant en branle le corps massif de Prune.

Ils me saisirent par le bras et m'entraînèrent vers la sortie.

– Hé ! Attendez ! protestai-je. On ne peut pas partir. On doit récupérer nos corps.
– Trop tard ! déclara joyeusement Andy.

Prune et Myrtille me soulevèrent de terre, et nous partîmes en direction de l'autobus. Je pouvais maintenant voir ce qui était écrit en lettres fleuries : CANTINIÈRE PARC.

– Quoi ? Mais ça n'existe pas !
– Mais si, nunuche ! s'esclaffa Josh/Prune. C'est là qu'ils nous gardent toutes les nuits !

– Tu ne veux pas apprendre à cuisiner de la tambouille infecte ? rigola Andy/Myrtille.
– Le plus drôle, c'est qu'on doit la goûter après, ajouta Josh.
– Nooon !
Hélas ! J'avais beau protester et me débattre comme un forcené, mes copains, ou plutôt mes copines, étaient les plus fortes. Que je le veuille ou non, il fallait que je me mette en route pour Cantinière Parc !

TROISIÈME PARTIE

RETOUR À LA RÉALITÉ

16

– Non! Non! Non! m'entendis-je crier.
– Réveille-toi, Mirabelle!
Quelqu'un me secouait violemment l'épaule. Quand j'ouvris les yeux, j'étais allongé sur le sol de la cuisine. Cinq visages me contemplaient: le mien, celui d'Andy et de Josh. Il y avait aussi la grosse cantinière aux joues rouges et la maigrichonne maquillée comme une voiture volée.
– Non! hurlai-je en me débattant. Je ne veux pas être enfermé à Cantinière Parc!
– Je plaisantais, idiot, bougonna la grosse dame de cantine.

Elle ressemblait à Prune, mais ses intonations étaient celles de Josh.
– C'est faux! m'écriai-je. J'ai vu le bus rose!
– Quel bus? demanda la cantinière maquillée avec la voix d'Andy.
Je sursautai et me regardai. Mes bras étaient couverts de tatouages. J'étais dans le corps de Mirabelle!
– C'était le bus rose qui nous ramène à Cantinière Parc, où ils nous enferment dans des cages.
– Tu es dans les cuisines du collège, m'informa Prune en levant un sourcil à la manière d'Andy.
– Qu'est-ce qui s'est passé?
– On a échangé nos corps, annonça la grosse cantinière. Moi, je suis Josh.
– Et moi, je suis Mirabelle, dit l'individu qui portait ma tenue de sport.
– Je sais! Ça s'est passé ce matin.
Je désignai les trois cantinières qui occupaient nos corps.
– Vous êtes parties dans les couloirs en gloussant, et Blanco nous a surpris. Il nous a renvoyés en cuisine et là, le bus rose est arrivé pour nous emmener à Cantinière Parc.
Tout le monde me regarda d'un air navré.
– Désolé, mon gars, mais l'échange s'est fait il y a trois minutes. On s'est tous réveillés, sauf toi, qui

as dû te cogner la tête, car tu viens à peine de reprendre conscience.
– Alors… j'ai rêvé ?
– Non, chéri, intervint Myrtille/Andy. On a réellement changé de corps.
– Je sais, dis-je. Mais le bus rose était un rêve ?
– Sans doute.
– Vous ne retournez pas à Cantinière Parc après votre service ? insistai-je.
– Moi, je vais retrouver mon mari, dit Myrtille/Andy.
– Moi, je retourne chez ma mère, grogna l'adjudant-chef dans mon corps.
– Et moi, je retrouve Totoche, soupira Prune/Josh.
– Totoche ? répétai-je.
– Mon chat.
– Et vous n'allez pas non plus nous faire sautiller dans tous les coins en gloussant comme des pintades ? conclus-je avec soulagement.
– Ça ne risque pas, intervint Josh/Prune.
Il, ou plutôt elle, se tourna d'un air furibond vers Andy/Myrtille :
– Moi, je vais rester ici et démolir la tronche de cet imbécile qui m'a piégé dans le corps d'une cantinière.
– N'y touche pas ! protesta Myrtille/Andy. C'est *ma* tronche !

— La démolition de la tronche ne résoudra rien, intervint Prune/Josh sur un ton apaisant.
— Tout ce qu'on a à faire, c'est de rééchanger nos corps, et tout redeviendra normal, dit Andy en jouant avec les cheveux de Myrtille.
— Tu as raison, approuva Myrtille, qui rongeait les ongles d'Andy. Dans quelques heures, je dois retrouver mon mari.
— Et moi, Totoche, ajouta Prune/Josh.
Tout le monde se tourna vers Mirabelle, s'attendant à ce qu'elle annonce qu'elle retournerait chez sa mère. Mais elle croisa mes bras et secoua ma tête.
— Tu ne veux pas y retourner ? lui demandai-je.
— Pas question, grogna-t-elle en fronçant mes sourcils. Je ne veux plus revoir cette vieille bique.
— Ça veut dire que tu ne vas pas me rendre mon corps ? m'inquiétai-je.
Andy dans celui de Myrtille se baissa et regarda sous la glissière.
— Désolé d'avoir à vous dire ça, les gars, mais on ne va rien échanger du tout…

17

Il y eut un bruit de scotch arraché et Andy/Myrtille se redressa. Elle nous présenta un truc noir et fumant qui ressemblait à un rôti trop cuit. La version miniature de la machine de Pondu était entièrement carbonisée. La coque en plastique avait fondu et quelques volutes de fumée s'en échappaient.
– Oh non ! se lamenta Josh/Prune.
– Qu'est-ce que c'est ? demanda Myrtille dans le corps d'Andy.
– La mini-machine, expliquai-je. Celle qui permet d'échanger les corps.
– Qui *permettait*, rectifia Andy en levant les sour-

cils de Myrtille. Maintenant, c'est grillé, c'est le cas de le dire!

— On ne pourra plus s'en servir? demanda Prune/Josh.

— Exact, répondit Andy/Myrtille. Il y a sûrement eu un court-circuit.

— Je me souviens, dis-je. Après le vlan! on a entendu blang!

— Tout ça parce qu'un pseudopode au cerveau de hamster s'est amusé à la brancher sur les présentoirs, grogna Josh/Prune.

— Je voulais seulement te donner une leçon, répliqua Andy/Myrtille d'un air dédaigneux.

— Laquelle? demanda Mirabelle dans mon corps.

— Lui faire comprendre que les cantinières étaient des êtres humains comme les autres.

Les trois dames habitant nos corps se tournèrent vers Josh/Prune et le foudroyèrent du regard.

— Qu'est-ce qu'on serait, à ton avis? aboya l'adjudant-chef par ma voix.

Josh/Prune recula nerveusement:

— Je plaisantais, c'est tout.

— Et tu ne peux pas blaguer sans t'en prendre aux autres?

— Si, bien sûr, je le fais tout le temps…

Heureusement pour Josh, la porte de la cafétéria s'ouvrit à cet instant et des pas résonnèrent dans l'espace vide. Cathy, l'amie de Jessica, et deux autres lycéens arrivèrent dans notre direction. Le premier portait une banderole roulée, et l'autre un escabeau.

– Salut, Jack! lança Cathy à Mirabelle dans mon corps.

La dame de cantine, qui n'avait pas l'habitude d'être appelée ainsi, ne répondit pas. Cathy fronça les sourcils.

– Hé, Jack, lançai-je à Mirabelle. Cathy te cause.

– Oh, pardon, fit-elle. Que disais-tu?

– Je te disais bonjour, tout simplement... Pourquoi es-tu en tenue de gym?

Mirabelle hésita un instant et, de crainte qu'elle ne dise une bêtise, je préférai intervenir.

– Qu'est-ce que c'est? demandai-je en désignant la banderole roulée.

– Montre-leur, dit Cathy au garçon qui la transportait.

Il déroula la banderole, où était inscrit:

VOTEZ EN FAVEUR DES DAMES DE CANTINE

– C'est très bien, apprécia Myrtille dans le corps d'Andy.

Les autres approuvèrent à leur tour.

– Je suis contente que ça vous plaise, les garçons, mais je préférerais avoir l'avis de ces dames.

– Ouais, c'est bien, répondit Josh en haussant les épaules de Prune.

– C'est super! lança Andy/Myrtille.

– Excellent ! dis-je à mon tour.

– On comptait l'accrocher au-dessus des présentoirs, annonça Cathy.

– Bonne idée, approuva Mirabelle dans mon corps.

– Tu es gentil, Jack, répliqua Cathy, mais c'est peut-être aux dames de cantine de prendre la décision.

– Je crois que Mira... euh, Jack a raison, approuvai-je. C'est l'endroit idéal.

Pendant que Cathy et ses copains accrochaient la banderole, les trois cantinières dans nos corps se mirent à chuchoter entre elles.

Bientôt, Myrtille nous fit signe de les rejoindre et elles nous attirèrent à l'écart pour que les lycéens ne puissent pas nous entendre.

– Vous dites que nous sommes coincées à tout jamais dans ces corps ? nous demanda-t-elle.

– Pas vraiment, répondis-je. Mais il faudra attendre que Pondu revienne de son expédition amazonienne.

– Pondu, c'est M. Dupond, le prof de sciences ? intervint Prune/Josh.

– Exact. Il doit rentrer d'un jour à l'autre.

– D'ici là, nous aurons peut-être perdu nos emplois, dit Mirabelle par ma bouche.

– Et cette journée d'action en notre faveur ? demanda Prune/Josh.

– Excuse-moi de dire ça, mais tout le monde s'en fiche au collège.
– Je sais ! s'exclama soudain Myrtille/Andy.
– Quoi donc ? demanda Josh/Prune.
– C'est peut-être notre chance ! expliqua Myrtille. Tant qu'on était des cantinières, personne ne nous écoutait. Mais si trois ados font campagne pour nous, leurs copains vont peut-être changer d'avis !
– Qu'est-ce qu'on devrait faire ? dit Prune/Josh.
– Il faut lutter ! lança Myrtille en levant le poing d'Andy. On doit convaincre tous les élèves qu'il n'y a rien de meilleur que la cuisine de la cantine, servie par des dames de cantine !
– Bonne chance ! grimaça Josh/Prune.
– Une pour toutes et toutes pour une ! s'écria Prune/Josh.
Les trois cantinières dans nos corps se claquèrent dans les mains et se dirigèrent vers la sortie.
– Attendez ! lançai-je. Qu'est-ce qu'on fait pour le déjeuner ?
– Ça, les filles, c'est votre problème ! s'esclaffa Myrtille/Andy.

18

Entre temps, Cathy et ses amis avaient terminé d'accrocher la banderole. Nous retournâmes en cuisine. Il était bientôt midi.
– Qu'est-ce qu'on va faire ? demanda Andy en rongeant les ongles vernis de Myrtille.
– On va servir le repas, dis-je.
– Comment ? s'inquiéta Josh.
– On les a vues à l'œuvre. Ce n'est pas de la chirurgie du cerveau, répondis-je. Josh, tu passeras les plats. Andy, tu tiendras la caisse. Tu sais compter ?
– Oui, quand même ! s'offusqua-t-il.
– Alors, tu rendras la monnaie.

– Et toi ? demanda Josh.
– Moi, je surveillerai le réfectoire.
– Tu sais faire ça ?
– Tiens-toi droit ! aboyai-je sur le ton bourru de Mirabelle. Mange ton plat d'abord ! Ramasse-moi tout ce qui traîne ! Hop ! Hop !
– Ouais, c'est crédible, approuva Andy/Myrtille.
– Eh, les gars ! Regardez ça ! s'exclama soudain Josh.
Il se trouvait dans la remise au fond de la cuisine. Nous le rejoignîmes. Une moto était garée près de la porte donnant sur l'extérieur.
– Ouah ! s'exclama Andy. Une Kachibuki 750 de cross ! Trop cool !
– Qu'est-ce qu'elle fait là ? demandai-je.
– Elle doit appartenir au gardien du collège, avança Josh.
– Ça serait génial de faire un tour avec ! s'enthousiasma Andy.
– Arrête ! ricana Josh. Tu tiens à peine sur ton vélo !
– Ça ne doit pas être beaucoup plus dur à conduire qu'un VTT, s'offusqua Andy.
– On n'a pas le temps de jouer, leur rappelai-je. Il faut préparer la bouffe.
Les épaules de Myrtille s'affaissèrent d'un coup :
– C'est vrai, soupira Andy. Il y a quoi au menu ?
Josh regarda une feuille punaisée sur un panneau d'affichage :

– Des tacos…
– J'en ai déjà préparé! s'exclama Andy. C'est fastoche. Il faut des galettes de maïs, de la laitue, du fromage et de la viande!
Nous fonçâmes dans la cuisine.
– J'ai trouvé les galettes! annonça Josh, qui se tenait devant un garde-manger.
Andy ouvrit un réfrigérateur en acier :
– J'ai le fromage et la laitue. Et ils sont déjà découpés.
Pendant ce temps, je fouillais la grande chambre froide de la cuisine. À l'intérieur se trouvaient des masses grisâtres, grosses comme des parpaings.
– Tu as trouvé la viande, Jack? me demanda Josh/Prune.
– Je ne sais pas…
Andy et Josh vinrent me rejoindre tandis que je déposais un des blocs sur le plan de travail. Il était recouvert d'une mince couche de givre.
– C'est de la viande, ça?
Andy essuya un peu de givre :
– Regardez, il y a une étiquette!
Tout le monde se pencha pour déchiffrer l'inscription :

VIANDE RECONGELABLE
D'ORIGINE DOUTEUSE

Convient pour les hamburgers, hachis et tacos.

Attention : réservé aux élèves. Ne pas servir aux professeurs ou aux adultes à l'estomac fragile. À consommer avant le : 25 mars 2599.

– Je le savais bien ! exultait Josh.
– C'est un coup à devenir végétarien, commentai-je, dégoûté.
– Noyé dans du ketchup, ça devrait passer, dit Andy.
– On ne va quand même pas servir ce truc à nos copains ! protesta Josh.
– Va dire à quatre cents ventres affamés que tu refuses de les nourrir !
Andy joua nerveusement avec une mèche de cheveux noirs de Myrtille :
– Tu as raison. Allez, on s'active !
J'arrachai le plastique qui recouvrait la viande recongelable d'origine douteuse. La masse grise comme du ciment reposait sur le plan de travail.
– Il va falloir la découper, déclara Andy en s'emparant d'une fourchette.
Il tenta de la planter dans le bloc. Rien… Il essaya plus fort… et la fourchette se tordit. Je saisis un hachoir à viande.
– Écartez-vous, prévins-je en l'abattant de toutes mes forces sur le bloc.
Crac ! Le manche en bois se brisa net sous le choc.
– Ce truc est indestructible ! lâchai-je, stupéfait.

– Je sais ce qu'il faut ! annonça Josh en se précipitant à l'autre bout de la cuisine.
Il revint quelques instants plus tard avec un vieux pic à glace rouillé.
– Tu ne peux pas utiliser ça, c'est tout sale ! protesta Andy tandis que Josh grimpait sur le plan de travail.
– Pas grave, la viande va cuire après…
Clong ! Clong !
Il lui fallut du temps, et ça fit un raffut incroyable, mais il parvint finalement à débiter des morceaux de viande d'origine douteuse.
La porte des cuisines s'ouvrit à la volée : c'était le proviseur Blanco !

19

Andy et moi retenions notre souffle tandis que Blanco contemplait Josh/Prune, debout sur le plan de travail, son pic à glace à la main.
Finalement, le proviseur poussa un soupir las :
– Pourriez-vous faire un peu moins de bruit, Madame ? Certains professeurs se plaignent.
Josh hocha lentement la tête de Prune, et Blanco quitta la cuisine.
– Décidément, j'aurai tout entendu aujourd'hui, grommela Andy.
– Attends les quatre cents ventres criant famine, lui dis-je.

On se remit au travail et, sans trop savoir comment, on parvint à préparer les tacos juste à temps.

La cloche venait à peine de sonner que les élèves s'engouffraient déjà dans la cafétéria. Aussitôt, une queue se forma devant les présentoirs. L'un des premiers était Thierry Dunn.

– Hé! C'est quoi, le plat du jour? lança-t-il.

– J'ai un prénom, répliqua Josh/Prune du tac au tac.

– Je sais, répondit Thierry avec un large sourire. C'est Titine de la cantine. Alors?

– Je m'appelle Jo... euh, Prune.

– Je m'en fiche... Je veux le plat du jour.

– On dit: « s'il vous plaît »! intervins-je en me plantant devant lui.

– Quoi?

– On ne t'a pas appris la politesse? aboyai-je en croisant les bras musclés de Mirabelle.

Quelques élèves sourirent dans la file, ravis sans doute que quelqu'un ose enfin s'opposer à ce voyou de Thierry.

– Alors? lui soufflai-je au visage. On ne va pas t'attendre trois cents ans! Tu bloques la file!

– Bon, fit Thierry, un peu penaud. Pourrais-je avoir le plat du jour, s'il vous plaît, Madame?

– Bien sûr...

Josh/Prune lui donna une assiette avec un taco, et

Thierry fit glisser son plateau jusqu'à la caisse tenue par Andy/Myrtille. Il sortit un billet roulé en boule de sa poche.
— Tu le déplies, s'il te plaît, demanda Andy en levant les sourcils de Myrtille.
— C'est à vous de le faire ! lança hargneusement Thierry.
— Sors de la file ! ordonnai-je. Et laisse passer les autres !
Thierry dut attendre avec son plateau que l'ensemble des élèves ait terminé de payer.
— C'est pas juste, protesta-t-il. Moi aussi, je voulais payer !
— Alors donne un billet qui ne cache pas de petite surprise !
— D'accord, grommela-t-il, étonné que j'aie découvert sa ruse.
Thierry fouilla ses poches et en sortit un billet plié en quatre. Il le remit à Andy/Myrtille et s'en alla en grognant.
Pendant ce temps, d'autres élèves s'installaient dans le réfectoire avec des repas Mac Crado. Je passai près de la table de Julia Sacks. Elle et ses copines dégustaient des menus Happy-Miam.
— Excusez-moi, Madame, m'interpella-t-elle. Nous avons vu ce qui s'est passé avec Thierry. C'est bien que quelqu'un le remette enfin à sa place.
Sa réaction me donna soudain une idée.

– Quel dommage ! dis-je.
– Quoi donc ? demanda Julia.
– Quand vous aurez tous voté pour les machines, plus personne ne pourra mater Thierry Dunn.
Julia regarda son plateau et se tourna de nouveau vers moi.
– C'est vrai, avoua-t-elle. Je n'avais pas pensé à ça.
C'est alors que Frankie Jamison traversa le réfectoire en courant. Quand il m'aperçut, il freina brutalement et baissa la tête.
– Je sais, dit-il. Je dois faire cinq allers et retours en marchant.
– Ça ira pour cette fois, dis-je gentiment. Mais promets-moi de ne plus courir.
– Vous êtes sérieuse ? s'étonna-t-il.
– Et pense à voter contre les distributeurs Mac Crado ! ajoutai-je.
– C'est d'accord ! dit Frankie.
Poursuivant ma ronde entre les tables, je croisai Anna Gluck. Elle avait l'air dépité.
– Que se passe-t-il, Anna ?
– Je n'ai pas trouvé un seul club-sandwich qui me convienne, se lamenta-t-elle.
– Viens avec moi, lui dis-je.
Elle me suivit dans les cuisines, où Josh/Prune achevait de servir les plats. Son visage était rouge et couvert de sueur.
– Excuse-moi, Prune.

– Qu'est-ce que tu veux, Ja... euh, Mirabelle ? demanda-t-il en s'essuyant le front.
– Anna me dit qu'elle n'a pas trouvé de club-sandwich à son goût.
Josh fronça les sourcils de Prune :
– Je lui ai proposé tous ceux que j'avais.
Je conduisis Anna jusqu'au plan de travail où se trouvaient les ingrédients.
– Vas-y, lui dis-je. Prépare-le toi-même. Et ne lésine pas sur la mayo, nous en avons des litres.
Anna ouvrit des yeux ronds.
– Génial ! fit-elle
– Tu crois que la compagnie Mac Crado te laisserait faire tes propres sandwiches ?
– Certainement pas ! répondit-elle en tartinant généreusement son pain de mayonnaise.
– Alors, réfléchis bien avant de voter ce soir, conclus-je.

20

La sonnerie marqua enfin la fin du déjeuner, et la cafétéria se vida. J'allai retrouver mes copains en cuisine. Josh/Prune s'épongeait le front avec une serviette en papier.
– Ouf! soupira-t-il. Ce n'est pas un petit travail! Et il fait chaud là-dedans!
– Certains élèves sont durs, ajouta Andy.
Il ouvrit le sac à main de Myrtille et en sortit une petite boîte à maquillage. Il se regarda dans le miroir.
Josh/Prune se tourna vers moi:
– Je dois te dire quelque chose, Jack! Andy avait

raison. Maintenant que j'ai passé une journée dans le corps d'une dame de cantine, je sais ce qu'elles endurent.

— Oui, approuva Andy. Il faudrait me payer cher pour me faire faire ça tous les jours !

Il sortit la houppette de la boîte de maquillage et entreprit de se repoudrer le nez.

— On peut savoir ce que tu fais ? intervint Josh.

— Je me refais une beauté après le travail.

Josh et moi échangeâmes un regard inquiet.

— Andy, *tu n'es pas* une dame de cantine, lui rappelai-je. Tu es un ado piégé dans son corps.

— Je ne vais pas négliger mon apparence pour autant, répliqua Andy en faisant bouffer la coiffure frisée de Myrtille.

— On peut se demander pour qui tu te fais belle, ironisai-je.

— Exact ! ajouta Josh. Tu es la seule qui est mariée !

— Et alors ? demanda Andy en refermant la boîte à maquillage de Myrtille.

— D'ici quelques heures, nous aurons terminé notre journée, annonçai-je. Moi, je retournerai chez la mère de Mirabelle.

— Et moi, je vais retrouver Totoche, le chat de Prune.

— Devine qui tu vas retrouver ? dis-je avec un sourire en coin.

– Le mari de Myrtille ! réalisa brusquement Andy.
Josh arrondit les lèvres de Prune :
– Je parie qu'il voudra un bisou de bienvenue.
La mâchoire de Myrtille/Andy tomba d'un coup. Je pris son sac à main et cherchai un porte-cartes.
– Que fais-tu ? demanda Andy.
– Regarde ! fis-je en montrant une photo.
Elle représentait un gros bonhomme chauve avec une barbe en broussaille et une moquette de poils noirs qui dépassait de son col de chemise. Andy la contempla un instant.
– Pourquoi a-t-elle une photo du yéti dans son sac ?
– Ce n'est pas le yéti, ma chérie, rigola Josh. C'est ton mari.

21

Andy devint pâle comme un fantôme.
– On doit absolument échanger nos corps avant que le yéti ne tente de me coller un gros bisou baveux sur la joue !
– Impossible, dis-je. Grâce à toi, la mini-machine ressemble à un toast carbonisé. Je ne suis même pas sûr que Pondu puisse la réparer.
– Il reste encore l'ancienne…
– Elle est enfermée dans le labo de sciences.
– Quelqu'un doit avoir la clé, intervint Josh/Prune.
– Oui, répondis-je. Le proviseur en a un double.
– Oublie ça, dit Josh. On ne pourra jamais obtenir

une clé de Blanco. Et Pondu est toujours en Amazonie.

– Alors, c'est fichu, se lamenta Andy. On est piégés dans ces corps jusqu'au retour du prof de sciences.

L'avenir s'annonçait plutôt sombre. Soudain, la porte des cuisines s'ouvrit, et ma sœur Jessica déboula en trombe.

– Je vous cherchais partout! nous annonça-t-elle avec fièvre.

– Pourquoi? m'étonnai-je.

– J'ai réussi! s'exclama-t-elle. J'ai pu convaincre le proviseur d'organiser une A. G. en dernière heure, avant de procéder au vote. Toute l'école est convoquée. C'est votre dernière chance.

– Une A.G.? répéta Andy/Myrtille.

– Une assemblée générale, expliqua Jessica. Vous serez dans le réfectoire, devant la foule des élèves, et vous pourrez leur faire partager votre passion pour le métier de dame de cantine!

– Génial! grimaça Josh/Prune.

– Il y a juste un léger problème, déclara Andy en levant un sourcil de Myrtille.

– Lequel? demanda Jessica.

Je m'éclaircis la gorge et lui annonçai la vérité:

– Nous ne sommes pas les dames de cantine.

22

– Quoi ?
Jessica resta un instant sous le choc de cette nouvelle avant de réaliser ce que cela signifiait. Elle connaissait l'existence de la machine de Pondu. Nous avions même échangé nos corps une fois. Elle nous toisa tous les trois – toutes les trois – d'un air sombre :
– Allons bon, grommela-t-elle. Qui est qui ?
– Je suis Josh, annonça Prune.
– Moi, je suis Andy, déclara Myrtille.
Jessica se tourna vers moi :
– Pourquoi as-tu fait ça, Jack ?
– C'est une longue histoire…

– C'était son idée ! lança Josh/Prune en désignant Andy/Myrtille.
– C'était sa faute ! répliqua l'accusé en pointant un index vengeur sur Josh/Prune.
– C'est faux ! protesta celui-ci.
– À peine ! grogna Andy. Si tu n'avais pas été aussi insensible, je n'aurais pas eu l'idée de faire l'échange. Mais monsieur se fichait complètement des dames de cantine, monsieur ne jurait que par les machines Mac Crado !
– D'accord ! trancha Jessica en croisant les bras. Je commence à comprendre. Mais maintenant, Prune, euh… Josh. As-tu changé d'avis ?
– Bof…
– Arrête ! protesta Andy.
– Tu ne me feras pas dire que la viande recongelable d'origine douteuse est meilleure que les hamburgers Mac Crado !
– Tu penses avec ton estomac ! s'insurgea Jessica. Moi, je te parle d'environnement, de relations humaines, de gens remplacés par des machines, de vies ruinées !
– Et pourquoi les dames de cantine n'iraient pas travailler pour la compagnie Mac Crado ? argumenta Josh/Prune.
– À faire quoi ? demanda Andy.
– Elles pourraient remplir les distributeurs quand ils sont vides, proposa Josh.

— Elles devraient se déplacer dans des douzaines d'établissements, objecta Jessica. Et que fais-tu des relations humaines ?
— Dis-moi combien d'élèves discutent avec les dames de cantine ? ironisa Josh.
— Moi, je le faisais quand j'étais au collège, dit ma sœur.
— Ça ne compte pas. Toi, tu parlerais avec les pompes à essence ! Dis-moi qui d'autre ici entretient une relation avec des dames de cantine ?
— Moi ! intervint soudain Andy.
— Faux ! répliqua Josh. Je ne t'ai jamais vu discuter avec elles.
— Pas celles d'ici... Ma mère travaille dans une autre école.
— Je ne vois pas le rapport !
Andy massa un instant les joues de Myrtille et lâcha dans un souffle :
— Ma mère est une dame de cantine.

23

Tout le monde se tourna vers Andy, stupéfait.
— Tu ne nous l'as jamais dit, lançai-je.
— Tu nous as toujours raconté qu'elle était chirurgien du cerveau, dit Josh/Prune.
— Je sais, soupira Andy en baissant la tête frisée de Myrtille. J'avais peur que vous vous moquiez de moi si je vous avouais la vérité.
Jessica la prit doucement par l'épaule :
— Oh, Myrtille, c'est si touchant.
— Andy, rectifia-t-il en s'écartant légèrement.
— Pendant des années, j'ai cru que ta mère farfouillait dans des cerveaux, grogna Josh. Et maintenant j'apprends qu'elle ne fait que servir des plats.

– Est-ce que la compagnie Mac Crado tente de s'implanter aussi dans son école ? demandai-je.
– Non, répondit Andy.
– Pas encore, rectifia Jessica. À ton avis, que se passera-t-il si nous laissons les machines s'installer ici ? Le phénomène va se propager dans les autres collèges. Peut-être pas cette année, mais dans un an ou deux. C'est la théorie des dominos.
– C'est quoi, ça ? demanda Josh.
– Quand tu alignes des dominos et que tu renverses le premier, il fait tomber tous les autres.
– Quel rapport avec les dames de cantine ?
– C'est la même chose…
– Ils vont aligner toutes les dames de cantine et les renverser ? s'étonna Josh, l'air ahuri.
– Mais non ! Pense au collège comme à un domino !
Josh gratta le crâne de Prune :
– Ils vont aligner tous les collèges et les renverser ?
– Cool ! fit Andy avec un large sourire.
– Non !
Jessica leva les yeux au ciel, exaspérée :
– Ce que j'essaie de vous faire comprendre, c'est que si le collège de Jeffersonville tombe cette année, celui de la maman d'Andy pourra très bien tomber l'année prochaine.
Josh fronça les sourcils de Prune.
– Ils doivent être très éloignés, commenta-t-il.

– Qu'est-ce que tu racontes ?
– Si notre collège tombe cette année et celui de la maman d'Andy seulement l'année prochaine, c'est qu'il y a une sacrée distance entre les deux. Ou alors ils sont chacun à un bout de la ligne.
– Ou alors, un collège tombe plus lentement qu'une dame de cantine, suggéra Andy. À cause de la taille.
– Ta mère rentre du travail tous les soirs, pourtant ? demanda Josh.
– Oui, son collège est en banlieue.
– Donc ce n'est pas si loin que ça.
Jessica ouvrit des yeux effarés :
– Je peux savoir de quoi vous parlez ?
– De la chute des collèges ? suggéra Josh.
– De la chute des dames de cantine ? hasarda Andy.
– D'accord, soupira ma sœur. Oublions la théorie des dominos.
– Oh non ! protesta Andy. On commençait justement à comprendre.
– Est-ce que la théorie des dominos fonctionne aussi avec les proviseurs ? voulut savoir Josh, plein d'espoir.
– Fermez-la ! s'écria soudain Jessica.
On la regarda, un peu surpris par sa réaction.
– Vous êtes totalement à côté de la plaque ! reprit-elle, exaspérée.
– Quelle plaque ? demanda Andy.

– Arrêtez ! Vous êtes hors du coup !
– Je croyais qu'on était à côté de la plaque…, objectai-je.
Jessica devint rouge comme une tomate.
– Revenons à nos moutons, soupira-t-elle.
– Les moutons sont dans le coup, eux aussi ?
Ma sœur étendit les mains vers la gorge de Mirabelle. Je crus qu'elle allait m'étrangler.
– D'accord, d'accord, je plaisantais…
Jessica prit une profonde inspiration et se tourna vers Andy/Myrtille.
– Puisque ta mère est une dame de cantine, tu peux comprendre ce qu'elles ressentent à l'idée de perdre leur emploi.
– Oui, approuva Andy.
– Donc, vous allez vous rendre à l'assemblée générale et dire à tous les élèves à quel point vous les aimez et combien c'est important pour vous d'avoir des relations humaines avec eux…
J'échangeai un regard gêné avec mes copains.
– On est obligés de faire ça ? grimaçai-je.
– Qui d'autre veux-tu qui le fasse ?
– Les vraies dames de cantine ? suggéra Josh.
– Ça serait mieux, mais elles ne sont pas là. Elles se baladent dans la nature avec vos corps.
Josh jeta un coup d'œil sur la pendule :
– En ce moment, elles doivent être en classe de sciences avec Grout, le remplaçant de Pondu.

– On va les attendre à la fin du cours et leur expliquer le plan, dit Jessica.
– Tu seras obligée d'y aller seule. Chaque fois que Blanco nous trouve dans les couloirs, il nous renvoie en cuisine.
– D'accord, dit Jessica. Attendez-moi ici...
– Ce n'est pas la peine, déclara soudain Andy.
– Pourquoi ?
Andy pointa l'index manucuré de Myrtille en direction de la fenêtre. Mirabelle dans mon corps traversait le terrain de foot à fond... sur la Kachibuki de cross !
Avec Myrtille/Andy agrippé à son dos.

24

– Je n'y crois pas ! s'exclama Jessica.
Josh se tourna vers moi :
– Tu ne m'avais pas dit que tu savais faire de la moto, Jack.
– Ce n'est pas moi, tête d'endive ! C'est Mirabelle dans mon corps.
– Cette fois, on va se faire virer définitivement ! se lamenta Andy.
– Ce serait un peu excessif comme punition, déclara Jessica. Ça vaut une semaine de retenue tout au plus.
– Non ! Blanco nous a prévenus ce matin : s'il

nous surprend à faire la moindre bêtise, il nous vire, expliquai-je. C'est la goutte d'eau qui fait déborder le vase.

– Cette fois, c'est le bloc de béton dans la mare, ajouta Josh.

– C'est faible ! Moi, je dirais une bétonneuse, renchérit Andy.

– Qu'est-ce que vient faire une bétonneuse dans une mare ? s'étonna Jessica.

– Ça éclabousse et ça fait déborder la mare, dis-je.

– Sauf si elle fait du béton, auquel cas, elle la remplit, intervint Andy.

Chacun resta un instant silencieux, à imaginer une bétonneuse en marche déversant son contenu dans une mare.

– Sérieusement, les gars, repris-je finalement. Si Blanco surprend les cantinières à faire du rodéo à moto sur le stade, on est cuits.

– Grillés…

– Carbonisés.

– Vous avez raison, s'exclama Jessica. Et ça ruinerait nos plans. Il faut absolument les arrêter.

Dans la seconde suivante, nous étions en train de courir vers le terrain de foot en faisant de grands gestes. Mirabelle nous aperçut et stoppa net.

– Qu'est-ce que vous faites là ? s'écria Jessica en les rejoignant.

– Je ne suis pas celui que tu crois, prévint aussitôt

Mirabelle, qui chevauchait la moto dans ma tenue de gym.
Elle fit vrombir le moteur et des nuages de fumée s'élevèrent du pot d'échappement.
– Je sais, répondit Jessica. Vous êtes Mirabelle dans le corps de mon frère.
– C'est ton frère ? demanda-t-elle en levant mon sourcil.
– Oui, et il va avoir de gros problèmes si le proviseur le surprend à faire de la moto sur le stade.
– Je te l'avais dit, commenta Myrtille/Andy depuis l'arrière.
– J'avais toujours rêvé de faire du cross sur le stade ! fit Mirabelle avec une moue boudeuse.
– C'est vraiment votre moto ? demandai-je.
Mirabelle hocha ma tête.
– Et vous la conduisez tous les jours pour aller au collège ? demanda Andy en triturant une mèche de Myrtille.
– Oui.
– C'est cool pour une dame de cantine, commenta-t-il.
– Chéri, je n'aime pas trop ce que tu fais avec mes cheveux, lança brusquement Myrtille/Andy.
Andy toucha sa chevelure d'un geste timide.
– C'est que je ne suis pas habitué à une telle crinière…
– Attends, je vais te montrer…

Elle descendit de la moto et sortit un peigne de la poche d'Andy. Elle prit une mèche et se mit à la crêper :
— Tu vois comment on fait ?
— Je crois... Laissez-moi essayer.
Andy/Myrtille prit le peigne des mains de Myrtille/Andy et tenta de l'imiter.
— Regarde-toi dans le miroir de la moto, suggéra Myrtille.
— Bonne idée.
Andy se pencha sur le rétroviseur et entreprit de se recoiffer.
— Ouiii ! s'exclama Myrtille/Andy. C'est ça !
Andy/Myrtille se redressa fièrement :
— Vous avez vu, les gars ?
— Adorable, grommela Josh/Prune.
— Désolée d'interrompre votre leçon de beauté, mesdemoiselles, intervint soudain Jessica. Mais si vous voulez conserver vos emplois, il faudrait peut-être s'activer un peu.
— Quand est-ce qu'on récupère nos corps ? demanda Myrtille/Andy.
— On y travaille, répondit Jessica. Mais il faudrait quitter le stade avant que quelqu'un nous repère.
— Attendez ! s'écria Josh. Où est Prune ?

25

Mirabelle dans mon corps et Myrtille dans celui d'Andy échangèrent un regard gêné que Josh repéra aussitôt.
– Alors ? Où est-elle ? demanda-t-il.
Plutôt que de répondre, les deux dames de cantine dans nos corps se tournèrent vers le gymnase. À cet instant, la porte s'ouvrit et Prune/Josh en sortit... avec une longue perche.
– Du... du saut à la perche ? bafouilla Josh.
– Elle a toujours rêvé de pratiquer ce sport, lui apprit Myrtille/Andy.
– Il faut absolument l'arrêter ! paniqua ma sœur.

Elle allait courir quand Mirabelle la retint par le bras :
— Laisse-la faire.
— Mais… et l'assemblée générale ?
— Ça peut attendre, répondit Myrtille/Andy.
— Je ne vous comprends pas, se lamenta Jessica.
— Ce genre de chance n'arrive qu'une fois dans une vie, dit Mirabelle dans mon corps.
— Même si ça vous coûte vos emplois ?
— Certaines choses méritent qu'on prenne des risques, répondit Mirabelle.
— Que serait la vie s'il n'y avait pas l'espoir ? intervint Myrtille.
— Mais pourquoi le saut à la perche ?
— Et pourquoi conduire une moto de cross, à ton avis ? demanda Mirabelle.
— Elles ont raison ! s'exclama soudain Andy en ouvrant grand les yeux maquillés de Myrtille. C'est pour cela que je voulais rouler à reculons à trois sur mon VTT !
Myrtille tourna la tête d'Andy dans notre direction :
— Vous savez ce qui nous permet de tenir dans cet emploi ?
— Les pourboires ? suggéra Josh.
— Non, répondit Mirabelle dans mon corps. Il nous reste encore des espoirs et des rêves.
Je crus à cet instant que Jessica allait fondre en larmes.

– Oh, c'est si touchant, soupira-t-elle.
Entre temps, Prune dans le corps de Josh avait atteint l'aire de saut. Elle plaça la barre à une bonne hauteur et revint lentement sur ses pas.
– Ça ne gêne personne que je n'aie jamais pratiqué ce sport ? ironisa Josh en faisant tressaillir la lourde poitrine de Prune.
– Non ! répondit tout le monde en chœur.
Prune/Josh s'arrêta au bout de la piste d'élan et souleva la perche. À cet instant, chacun retint son souffle.
– Croisons les doigts pour elle, murmura Jessica.
Prune/Josh inspira profondément et se mit à courir.
– Je peux dire quelque chose ? intervins-je.
– Chuut ! firent-ils en chœur.
– C'est important, insistai-je.
– C'est quoi ton problème ? aboya l'adjudant-chef habitant mon corps.
Prune/Josh était déjà à mi-parcours et accélérait l'allure.
– D'habitude, il y a un matelas pour amortir la chute...
Le silence plana une seconde avant que chacun réalise ce que je venais de dire.
– Oh non ! s'écria Myrtille/Andy. Il n'y a rien pour la recevoir !

26

Aussitôt, tout le monde se précipita pour l'empêcher de sauter.
– C'est mon corps qu'elle va bousiller! haleta Josh, qui tentait désespérément de déplacer la lourde masse de Prune.
Trop tard! Prune/Josh était déjà au bout de la piste d'élan. La perche se planta dans le heurtoir et se courba.
Alors, Prune s'éleva dans les airs! Haut, très haut! La perche se redressa. Prune envoya les pieds de Josh vers la barre... et réussit son saut!
Le corps de notre copain entama la descente.
Et s'écrabouilla au sol avec un bruit mou.

Le corps de Josh gisait inerte sur le sol, les yeux clos.
Myrtille et Mirabelle furent les premières sur place. Elles s'agenouillèrent aussitôt près de leur amie.
— Elle respire encore ? s'inquiéta Myrtille.
Mirabelle se pencha sur le corps de Josh et pressa mon oreille contre sa bouche.
— Oui, je crois.
J'arrivai sur ces entrefaites, suivi de Josh, traînant le corps de Prune.
— Qu'est-ce qu'on peut faire ? m'alarmai-je.
Mirabelle tapota gentiment la joue de Josh :
— Prune ? tu m'entends ? Prune !
Mais Prune ne répondit pas. Josh demeurait inconscient.
— Je le savais ! s'écria le vrai Josh. Elle m'a brisé le cou !
— Silence ! aboya Mirabelle par ma bouche.
Elle frappa la joue de Josh un peu plus fort :
— Allez, chérie, le pressa-t-elle. Réveille-toi.
— Ça y est ! vociféra Josh. Je suis mort !
— Non ! répliqua Myrtille.
— C'est sûr ! C'est pire encore que la mort ! Je suis piégé à tout jamais dans le corps d'une cantinière. Je vais devoir servir les plats et changer la litière de Totoche jusqu'à la fin de mes jours !
À cet instant, Prune/Josh ouvrit un œil :
— Totoche ? Quelqu'un a dit Totoche ?

– Prune ? Tu vas bien ? s'écria Mirabelle.
– Je... je crois.
– Oh, Prune ! On a eu si peur pour toi !
Mirabelle enroula mes bras autour de Prune/Josh et la serra contre ma poitrine. Josh et moi dans le corps de Mirabelle eûmes un mouvement de recul.
– Hé ! Un peu de tenue, les gars, grommela Josh/Prune.
– Laisse-les tranquilles, intervint ma sœur. C'est très émouvant !
– Oui, bien sûr ! grogna Josh. Sauf que si on nous observe depuis l'école, on verra Josh Hopka et Jack Sherman tendrement enlacés dans l'herbe.
– Et alors ? lança Jessica.
– Bonjour la réputation...
– Deux garçons n'auraient pas le droit de manifester leur joie en sautant dans les bras l'un de l'autre ?
– Non... sauf pendant un match de foot, répondis-je.
Jessica eut un air dégoûté :
– Cette histoire ne vous a donc rien appris ?
– Si, dit Josh/Prune. J'ai appris qu'il faut toujours vérifier s'il y a un matelas avant de sauter à la perche.
– Moi, j'ai appris qu'une dame de cantine peut très bien faire de la moto de cross, dis-je.

– Moi, j'ai appris qu'un pigeon femelle ne peut pas couver son œuf à moins de voir un autre pigeon ou de se regarder dans un miroir, ajouta Andy.

Mirabelle cessa un instant d'enlacer Prune et se retourna vers lui :

– Les pigeons peuvent transporter des miroirs ?

– Oui. Les pigeons migrateurs... pour se refaire une beauté pendant le vol, railla Josh.

– Arrêtez vos bêtises, les garçons ! intervint Jessica. Il faut retourner au collège. L'assemblée générale va avoir lieu d'une minute à l'autre.

Nous aidâmes Prune/Josh à se relever et Mirabelle poussa sa moto jusqu'aux cuisines. En chemin, Jessica expliqua aux dames de cantine dans nos corps que cette réunion était leur dernière chance de sauver leurs places.

Dans le hall du collège, Cathy, l'amie de Jessica, avait installé une table à tréteaux et faisait signer une pétition. Frankie Jamison et Olivier Hawkins y inscrivaient leurs noms.

– Regardez ! s'exclama-t-elle en brandissant la feuille.

Elle était couverte de signatures sur la moitié de la page.

– C'est tout ? se lamenta Jessica.

– C'est mieux que rien ! dit Cathy.

– Il en faudrait des pages entières ! Il faut une

majorité écrasante pour les dames de cantine.
— Je vais voir ce que je peux faire, soupira Cathy.
Les haut-parleurs grésillèrent à cet instant :
— Tous les élèves doivent se rendre à la cafétéria pour l'assemblée générale.
— Nous y voilà ! souffla Jessica.
Elle se tourna vers les cantinières dans nos corps et nous dans les leurs.
— Je fais faire un discours d'introduction. Qui passera ensuite ?
— Je crois qu'on devrait y aller d'abord, suggéra Mirabelle.
— J'espérais que vous diriez ça, soupira ma sœur. Mais n'oubliez pas : tout le monde croit que vous êtes Jack, Josh et Andy. C'est un gros avantage. Vous êtes des collégiens qui, normalement, se fichent du sort des dames de cantine. C'est votre seule chance de convaincre l'assemblée des élèves.
— Et nous, dans tout ça ? demanda Andy/Myrtille.
— Désolée, Myrtille, euh... Andy. Mais comme ils vous prennent pour les dames de cantine, vos arguments n'auront aucune portée.
Des élèves commençaient à entrer dans la cafétéria.
— Bien, les filles... euh, les gars. C'est à nous ! chuchota Jessica.
— Attends ! protestai-je. Qu'est-ce qu'on va faire pendant ce temps ?

– Pourquoi demandez-vous ça à Jessica Sherman ? demanda soudain une voix dans notre dos.
Je me tournai. Le proviseur Blanco !
– Vous devriez être en cuisine, Mesdames, nous rappela-t-il.
– On a fini notre service, répondit Josh/Prune.
– Et le repas de demain ? dit Blanco.
Andy allait protester, mais je l'entraînai avec moi :
– Viens, Myrtille, dis-je. Le travail n'attend pas !

27

Nous partîmes toutes les trois en direction des cuisines.
– Je n'ai aucune envie de préparer la bouffe de demain, grommela Andy/Myrtille.
– On ne va rien préparer du tout ! J'ai dit ça pour que Blanco nous lâche.
– Qu'est-ce qu'on va faire alors ?
– On va rester derrière la porte des cuisines à écouter ce qui se passe.
La cafétéria était à présent bondée. Le proviseur monta sur l'estrade installée à la hâte et s'approcha du micro.
– Un peu de silence, s'il vous plaît ! Je vais ouvrir

le débat qui doit nous mener à répondre à une question importante : les distributeurs Mac Crado doivent-ils remplacer la cantine du collège ? Nous allons écouter les arguments de chacun, et ensuite nous procéderons au vote. Jessica Sherman va parler la première en faveur des dames de cantine.

Ma sœur prit le micro et se lança dans une tirade enflammée contre les distributeurs.

La foule écouta dans un silence indifférent.

Puis vint le tour des dames de cantine dans nos corps. Là encore, le public écouta sans réagir. Le proviseur reprit ensuite le micro :

– Nous venons d'entendre les défenseurs de la cantine. Pour être équitable, il faudrait maintenant avoir l'avis de ceux qui préfèrent les machines. Qui veut prendre la parole ?

Alex Silver leva la main et monta sur l'estrade.

– Je trouve que les distributeurs Mac Crado sont parfaits, déclara-t-il. D'abord, leurs hamburgers sont bien meilleurs que ceux de la cantine, et ensuite les machines ne nous obligent pas à ramasser quatre objets qui traînent quand on laisse tomber quelque chose par terre !

Pour la première fois depuis le début du débat, la foule applaudit bruyamment.

Enfermés dans les cuisines, mes copains et moi échangeâmes un regard gêné.

– C'est pas gagné ! marmonna Josh/Prune.
Alex Silver quitta la tribune, et Blanco demanda si quelqu'un d'autre voulait prendre la parole. Thierry Dunn leva la main.
Quelques murmures montèrent de l'assemblée. D'ordinaire, Thierry se fichait de tout. On se demandait bien ce qu'il avait à raconter sur le sujet. Thierry monta sur l'estrade avec un air réjoui et s'empara du micro :
– Moi, je vais vous dire ce que je pense de l'école !
Et là, il plaça la main sous son aisselle et fit un bruit dégoûtant. La foule se mit à rire... sauf Blanco, qui sauta sur l'estrade comme une furie et empoigna Thierry par le col.
– Cette fois, ton compte est bon ! gronda-t-il. Suis-moi au bureau.
M. Rope, le prof de gym, mena le débat en l'absence du proviseur. Dans leur grande majorité, les élèves plaidaient en faveur des distributeurs automatiques.
Quelque temps plus tard, Blanco revint à la cafétéria.
– Quelqu'un désire-t-il encore s'exprimer sur le sujet ? demanda-t-il.
Il y eut quelques murmures parmi la foule, mais plus personne ne leva la main.
J'esquissai une grimace.

– C'est mal parti pour les dames de cantine, commenta Andy en triturant nerveusement les mèches frisées de Myrtille.
– Très mal, approuvai-je.
– On doit absolument trouver quelque chose pour renverser la tendance, reprit Andy.
– Tu as une idée ? demanda Josh/Prune.
– Réfléchissons un peu. Quel est le vrai problème qu'on doit affronter ?
– La bouffe Mac Crado est bien supérieure à celle de la cantine, déclara Josh.
– À part ça, grogna Andy.
– Les élèves se fichent totalement des dames de cantine, intervins-je. Pour eux, nous faisons juste partie du décor.
– Il faut les amener à changer d'avis, affirma Andy.
– Impossible, dit Josh. Le vote aura lieu dans deux minutes à peine. C'est fichu.
– On doit les convaincre que les dames de cantine sont sympa et cool, fit Andy d'un air résolu.
– Facile à dire ! objectai-je.
– J'ai trouvé ! s'exclama soudain Andy.

28

— Je n'arrive pas à croire que je vais faire ça, souffla Josh/Prune en grimpant sur la moto derrière Andy/Myrtille.
— Tu es sûr que tu sais conduire cet engin? m'inquiétai-je.
— Non, mais quelle différence avec un VTT? répondit Andy.
— Énorme, grommela Josh.
Andy/Myrtille ignora ce commentaire et se tourna vers moi:
— Tu es prêt à y aller, Jack?
Je hochai la tête de Mirabelle. Andy m'avait

demandé de faire un truc incroyable, et j'avais accepté.

Je quittai les cuisines et pénétrai dans la cafétéria. Le proviseur était toujours au micro :

– Puisque personne ne veut plus intervenir, nous allons procéder au vote.

– Hé ! Attendez ! m'écriai-je en me précipitant sur l'estrade.

– Que voulez-vous, Mirabelle ? me demanda Blanco.

– J'aimerais dire quelques mots en faveur des dames de cantine.

Le proviseur soupira :

– D'accord, mais faites vite. La cloche va bientôt sonner la fin des cours, et nous n'avons pas encore voté.

Je m'avançai devant le micro et contemplai la foule des élèves. La cafétéria était bondée. Je connaissais certaines têtes, mais la plupart étaient des inconnus. Dans les premiers rangs, je vis ma sœur Jessica, qui serrait le poing et m'encourageait en silence. Mon cœur se mit à tambouriner dans ma poitrine ; je m'éclaircis nerveusement la voix.

– Oui, euh... Je suppose que vous vous demandez pourquoi je suis devant vous, commençai-je. J'aimerais vous dire deux ou trois choses à propos des dames de cantine. D'abord, vous devez savoir que c'est un travail très sympa...

Quelques grognements s'élevèrent de la foule, et Jessica roula des yeux effarés. Je tournai la tête de Mirabelle en direction de la porte des cuisines. Que faisait donc Andy ? À côté de l'estrade, le proviseur consultait sa montre et s'impatientait.
– Et puis, vous ne savez peut-être pas que certaines sont capables de réciter l'alphabet à l'envers : Z, Y, X, W, V, U…
– Hou ! C'est nul ! crièrent certains élèves.
D'autres se mirent à siffler. Blanco s'apprêtait à reprendre le micro. Que fichait donc Andy ?
Vrrroooom !
À cet instant, toutes les têtes se tournèrent vers les cuisines et Andy/Myrtille déboula dans la cafétéria, avec Josh/Prune à la place du passager. La Kachibuki de cross laissa derrière elle un nuage de fumée.
– Qu'est-ce qui se passe ici ? protesta Blanco.
– Je vous l'avais dit ! hurlai-je dans le micro pour couvrir le vacarme du moteur. Les dames de cantine sont super-méga-top cool ! Elles viennent au collège à moto !
Andy traversa la salle. Il fonçait à présent vers l'estrade. Je pensais qu'il allait arrêter la Kachibuki en bas des marches. Mais non ! Il se mit à grimper l'escalier avec !
– Vous voyez ? m'écriai-je. En plus, elles font des acrobaties !

– Vous ne pouvez pas monter cet engin là-haut ! cria Blanco en agitant les bras.

Andy l'ignora et passa devant lui.

– Pourquoi as-tu été si long ? sifflai-je.

– Je n'arrivais pas à faire démarrer cette fichue machine ! hurla Andy tout en faisant le tour de l'estrade.

Je repris le micro :

– Les dames de cantine vont là où personne n'est jamais allé !

– Quittez cette estrade immédiatement ! vociférait Blanco en poursuivant la Kachibuki, qui pétaradait gaiement.

La fumée suffocante des gaz d'échappement commençait à envahir les lieux. Andy/Myrtille arriva à ma hauteur.

– Grimpe sur le guidon ! hurla-t-il.

– On ne l'a jamais réussi à trois ! m'alarmai-je.

– Il y a un début à tout !

Je détachai le micro de son pied et me juchai sur le guidon de la moto.

– À présent, les dames de cantine vont tenter une cascade extraordinaire ! annonçai-je alors qu'Andy/Myrtille repartait à fond de train.

– Ouais ! Géant ! Excellent ! s'enthousiasma la foule.

– Revenez ici ! tempêtait Blanco en nous pourchassant, à demi-asphyxié par les gaz d'échappement.

– On devrait peut-être obéir, s'inquiéta Josh/Prune depuis la place arrière.
– Tu as raison, approuva Andy/Myrtille.
Il s'arrêta à un bout de l'estrade et tout le monde descendit. À l'autre extrémité, Blanco, plié en deux, tentait de retrouver son souffle.
– Vous voulez cette moto ? demanda Andy/Myrtille.
– Rhoui…, lâcha Blanco entre deux quintes de toux.
– Alors, prenez-la. Elle est à vous !
Andy enclencha une vitesse et fit vrombir le moteur ! Ensuite il lâcha les freins et envoya l'engin droit sur le proviseur.
Les yeux agrandis par l'horreur, celui-ci regardait la Kachibuki qui fonçait vers lui, pleins gaz. Il étendit les bras et tenta de l'arrêter en attrapant le guidon. Hélas ! la moto poursuivit sa course folle, et Blanco se retrouva emporté par elle.
Dans la seconde qui suivit, le proviseur dévalait les marches en tressautant sur la selle !
– Attention devant ! criait-il.
La foule s'écarta vivement, et la Kachibuki traversa la cafétéria en trombe. Incapable de la contrôler, Blanco heurta la porte à double battant et disparut dans le hall, enveloppé d'un nuage de fumée.

29

Il était grand temps d'échanger nos corps. Les dames de cantine dans nos corps allèrent déposer leurs bulletins de vote dans les urnes, et tout le monde quitta la cafétéria en hâte. Nous nous précipitâmes vers la salle de sciences.
— C'est ridicule ! haleta Josh, qui tentait de suivre malgré le poids de Prune. On ne pourra jamais entrer dans le labo de Pondu ! Il a installé un cadenas gros comme une boule de billard.
— On s'en fiche ! répliquai-je. Il faut entrer, c'est notre seule chance !
— Jack a raison ! confirma Andy/Myrtille. On pourrait le faire sauter avec un pied-de-biche.

– On n'a pas ça en stock, intervint Mirabelle dans mon corps.
– Ou alors éclater la porte à grands coups de masse, suggéra encore Andy/Myrtille.
– On n'a pas de masse non plus, répondit Myrtille dans son corps.
– Bon... On attaque la serrure à la perceuse électrique, reprit-il.
– Et pourquoi pas à la dynamite, tant qu'on y est ? grommela Josh/Prune.
– Oh, d'accord, soupira Andy/Myrtille. Je disais ça pour rendre service...
Il arriva le premier devant la porte du labo et agrippa la poignée.
– Alors, on va... entrer...
La porte s'ouvrit comme par enchantement.
– Je ne comprends pas, souffla Josh, médusé.
Myrtille passa la tête d'Andy par l'entrebâillement :
– Il y a quelqu'un, annonça-t-elle.

30

Tout le monde regarda à l'intérieur : un homme avec une longue barbe était penché sur la machine de Pondu. Il portait un chapeau de brousse et une saharienne pleine de taches et d'accrocs. Sa peau était tannée par le soleil. Un gros sac à dos était posé à côté de lui.
Il avait dévissé la plaque arrière de la machine et farfouillait parmi les câbles.
– Euh, excusez-moi, dis-je.
L'homme se releva, un peu surpris de mon intervention.
– Mais comment êtes-vous entré ? demanda Andy/Myrtille.

— Je possède une clé, répondit-il.
Sa voix me sembla vaguement familière.
— Où l'avez-vous trouvée ? insista Josh/Prune.
L'homme fronça les sourcils :
— Excusez-moi, Mesdames, mais ça serait plutôt à moi de demander ce que vous faites ici avec Jack Sherman, Josh Hopka et Andy Kent.
C'est alors que je le reconnus.
— Monsieur Dupond ! m'exclamai-je.
Le barbu approuva.
— Quand êtes-vous revenu d'Amazonie ? demandai-je.
— Je rentre à l'instant, Madame. Mais je ne comprends toujours pas ce que vous faites là.
J'échangeai un regard avec mes copains engoncés dans des corps de cantinières.
— C'est que... Nous ne sommes pas vraiment des dames de cantine, bafouillai-je.
Pondu fronça les sourcils et se tourna vers les cantinières dans nos corps.
— Et je suppose que vous n'êtes pas non plus des élèves.
Elles hochèrent nos têtes. Le front de Pondu se creusa de rides profondes et il nous dévisagea tour à tour.
— Lequel d'entre vous est le vrai Jack Sherman ?
Je levai timidement la main de Mirabelle.
— Je t'avais confié la mini-machine, Jack. Tu

m'avais promis de ne jamais l'utiliser. Et voilà que, à peine rentré, je découvre que toi et tes copains, vous avez échangé vos corps avec les dames de cantine !
Tout le monde eut l'air penaud.
– J'espère que c'est la première fois que tu t'en sers.
Là, je ne sus pas quoi répondre.
– Alors ? s'impatienta-t-il.
– Euh… C'est-à-dire.
– Tu l'as utilisée plusieurs fois ? s'exclama Pondu en levant les sourcils.
– Pas tant que ça…
– Une autre seulement, j'espère.
Josh se mit à compter sur ses doigts :
– Il y a eu notre mono du camp Grimley.
– Et on a envoyé Alex, un autre moniteur, dans un caillou, ajouta Andy.
– Un caillou !
– Et j'ai échangé mon corps avec le proviseur Blanco, reprit Josh/Prune.
– Et n'oublie pas Eric Lake…, me rappela Andy/Myrtille.
– L'acteur ? s'exclama Pondu, stupéfait. Avec qui a-t-il changé de corps ?
– Voyons…, répondit Andy. Dans l'ordre, avec Jack, Josh et le proviseur.
Pondu se tourna vers Mirabelle, l'air mauvais.

– Tu me déçois beaucoup, Jack. Rends-moi immédiatement la mini-machine.
J'avalai nerveusement ma salive :
– C'est que... voyez-vous, Monsieur Dupond, il y a eu un léger problème. Elle est un peu...
– Carbonisée, conclut Josh/Prune à ma place.
Pondu resta silencieux pendant un long moment.
– C'est peut-être mieux ainsi, dit-il finalement. Je pourrai toujours en fabriquer une autre. En attendant, Mesdames... euh, les garçons, vous ne pourrez plus faire de bêtises avec.
– Alors, c'était bien, l'Amazonie ? demandai-je pour changer de sujet.
Le regard de mon professeur s'illumina d'un coup :
– Plutôt que d'en parler, je vais vous montrer !
Il s'empara de son sac à dos et en défit fiévreusement les sangles.
– J'ai résolu un des plus grands mystères de la science, poursuivit-il en fouillant à l'intérieur.
– Vous avez enfin trouvé pourquoi on sent des pieds ? demanda Andy, plein d'espoir.
– Non... J'ai trouvé ceci !
Il brandit fièrement une sorte de petit masque fripé, qui avait la taille d'une balle de tennis.
– Comment réduire les têtes !

31

— Beuh! C'est dégoûtant! grognèrent les cantinières dans nos corps.
Mes copains et moi dans les leurs regardions, fascinés, la petite tête qu'il tenait par les cheveux.
— C'est une vraie? demanda Andy/Myrtille.
— Oui, approuva Pondu.
— Cool! s'exclama Josh/Prune.
— Comment l'avez-vous eue?
— Je parie que vous avez coupé la tête d'un gars pour la réduire, s'enthousiasma Josh.
— Non, bien sûr! s'offusqua Pondu. Le pauvre homme a eu un accident de voiture. Mais la bonne nouvelle, c'est que j'ai amélioré la tech-

nique. La tribu amazonienne des Jivaros utilise un tas de produits bizarres pour réduire les têtes. Moi, j'ai découvert comment le faire électroniquement.

Notre prof de sciences ramassa son tournevis et reporta son attention sur sa machine.

— Attendez une minute, m'exclamai-je. Que faites-vous ?

— Je reprogramme la machine pour qu'elle opère la réduction de têtes.

Je regardai les autres avec inquiétude.

— Vous voulez dire qu'elle ne va plus échanger les corps ? s'alarma Andy/Myrtille.

— C'est exact. De toute manière, elle était censée transférer les intelligences, et vous savez très bien qu'elle n'a jamais marché correctement.

— Il y a juste un petit problème, fis-je remarquer. Si vous la reprogrammez maintenant, nous serons à tout jamais piégés dans ces corps.

Pondu interrompit sa besogne un court instant, l'air pensif :

— C'est vrai ! Mais la science réclame parfois des sacrifices. Voyez le bon côté des choses, les gars. Vous auriez pu tomber sur pire que des dames de cantine.

— Excusez-moi, mais vous nous oubliez dans l'histoire, protesta Mirabelle dans mon corps.

— C'est vrai, ajouta Myrtille avec la voix d'Andy.

Moi, je dois rentrer préparer le dîner de mon mari.
— Et moi prendre soin de Totoche, dit Prune/Josh.
— Totoche ?
— Mon chat. Et que se passera-t-il si je garde ce corps ? Totoche ne sera pas...
Une pétarade venant du couloir l'interrompit brutalement.
— Attention ! Chaud devant !
Blanco, juché sur la moto de cross, venait de faire irruption dans le laboratoire. Il fonça droit sur la machine de Pondu !
Crac ! Vlan ! Bing ! Blunk !

32

Le labo de sciences fut envahi d'une fumée si épaisse que je voyais à peine mes mains.
– Tout va bien ? m'écriai-je.
– Je crois, répondit quelqu'un dans le brouillard.
– Ça va…
Je perçus alors des pas qui s'éloignaient et la porte du labo claqua.
– Qui était-ce ? demandai-je.
– Je n'en sais rien, répondit une voix.
– Sans doute quelqu'un de pressé, commenta une troisième personne.
La fumée du laboratoire commença à se dissiper, et je reconnus Prune.

– Josh ?
– Non, je suis Prune, répondit-elle.
– Prune ?

Je regardai le corps dans lequel je me trouvais. Les mains étaient les miennes ! Je touchai ma tête. C'étaient mes cheveux ! J'étais en tenue de gym !

– J'ai fait l'échange ! m'exclamai-je.
– Moi aussi ! cria Andy.
– Pareil pour moi, annonça Mirabelle.

Le brouillard disparut rapidement, et je repérai Josh et Myrtille. Apparemment, tout le monde avait récupéré son corps. En revanche, la Kachibuki de cross était encastrée dans la machine de Pondu, qui était totalement bousillée.

– Monsieur Dupond ? demandai-je.

Un vague grognement me répondit de derrière la machine.

– Vous allez bien ? m'inquiétai-je.
– Je ne sais pas…
– Il y a un problème ? demanda Prune.
– Ma tête… Elle… elle est toute bizarre…

Un instant plus tard, notre prof de science se releva. Il avait la même apparence qu'avant l'accident de moto. À un détail près : son crâne avait la taille d'une balle de tennis.

– Ahhhh ! hurla Myrtille en l'apercevant.

33

— Les particules des gaz d'échappement de la moto ont dû se charger d'ions positifs à l'instant du choc, déclara Pondu.
Chacun écoutait son explication en s'efforçant de conserver son sérieux. C'était très difficile de ne pas hurler de rire devant sa toute petite tête.
— Et la charge électrique des particules ionisées s'est propagée dans tout le nuage.
— C'est pourquoi tout le monde a été affecté? demanda Andy.
— Exact.
— Pourquoi nos têtes n'ont-elles pas rétréci? demandai-je.

– À mon avis, comme vous n'étiez pas dans vos bons corps, votre organisme a choisi de faire l'échange plutôt que de rétrécir.

– Une dernière question, intervint Andy. Où est passé le proviseur ?

– On a entendu des bruits de pas après l'accident, me rappelai-je.

– Pourquoi était-il si pressé de partir ? s'étonna Pondu.

– Il est retourné à la cafétéria ! comprit soudain Myrtille. Pour les résultats du vote !

34

La cafétéria était encore bondée. Le rideau avait été tiré devant l'estrade et l'on n'apercevait plus que le micro.

– Qu'est-ce qui se passe? demandai-je en me mêlant à la foule.

– Ils comptent les bulletins, dit Julia Sacks.

Soudain, le rideau s'écarta et le proviseur apparut devant le micro. La foule eut alors un mouvement de recul.

Comme celle du prof de sciences, la tête de Blanco avait rétréci!

Des murmures parcoururent l'assemblée, mais Blanco leva les mains pour ramener le calme.

— Ne vous inquiétez pas, il s'agit d'un léger incident, assura-t-il.
— En tout cas, on ne pourra pas dire que M. Blanco a pris la grosse tête ! gloussa Amanda Sweeny.
Le proviseur nous montra une enveloppe :
— Comme vous l'avez vu, le débat fut assez mouvementé. Avant d'ouvrir cette enveloppe et de lire les résultats du vote, je veux que vous me promettiez d'accepter la décision finale dans le calme.
La foule approuva. Blanco déchira l'enveloppe et, malgré la petitesse de sa tête, on put voir ses sourcils qui se fronçaient.
— Surprenant, murmura-t-il pour lui-même.
— Quel est le résultat ? lança quelqu'un dans la foule.
Le proviseur s'approcha du micro :
— Si l'on en croit ce papier, le résultat du vote est... un ex-æquo.
Des murmures parcoururent l'assemblée.
— Tout le monde a voté ? cria un élève.
— Qu'est-ce qu'on fait maintenant ?
Blanco gratta le haut de son petit crâne :
— Honnêtement, je ne sais pas.
Je me rendis soudain compte de quelque chose et m'écriai :
— On a oublié quelqu'un : Thierry Dunn !
Le proviseur ouvrit grand ses yeux rétrécis :
— Tu as raison, Jack. Va le chercher.

æquo, expliqua le proviseur. Tu es le seul à ne pas avoir participé. Ta décision est donc capitale.
– Cette fois, c'est vraiment le pavé dans la mare, murmurai-je.
– C'est ridicule. Un bulletin de vote pèse trois fois rien, intervint Andy.
– Trois fois rien, c'est déjà beaucoup, surtout avec un lourdingue comme Thierry, commenta Josh.
Sur l'estrade, Thierry fronçait les sourcils.
– Vous voulez dire que c'est à moi de décider si on garde la cantine ou si on la remplace par les distributeurs ?
Le proviseur hocha sa toute petite tête. Thierry se gratta la joue d'un air pensif.
– Désolé, mais la bouffe des machines est bien meilleure...
– Ouais ! s'écria le groupe pro Mac-Crado.
– D'un autre côté, je peux resquiller de la nourriture avec les dames de cantine.
– C'est bien ! approuva l'autre groupe.
– Mais il y a aussi un distributeur de petit déj'...
– Vas-y ! Continue ! le pressèrent les pro-Mac Crado.
– D'un autre côté, à la cantine, je pars parfois sans payer.
– Bravo ! Tu as raison ! s'écrièrent les pro-cantine.
Thierry se massa le lobe de l'oreille :

– C'est une décision délicate. Surtout quand on a eu une semaine de retenue...
– C'est bon, grogna Blanco de mauvaise grâce. Je lève la sanction.
– Et j'aimerais bien vous appeler M. Jivaro...
Le proviseur poussa un soupir las :
– D'accord ! Mais seulement jusqu'à ce que M. Dupond fasse que ma tête retrouve une taille normale. Ensuite, je redeviendrai M. Blanco. C'est entendu ?
– Marché conclu.
– Alors ? Quelle est ta décision ?
– Je pense qu'il faut que les dames de cantine restent...
– Ouais ! Génial ! approuvèrent les partisans des relations humaines.
– Gros nul ! crièrent les admirateurs de la machine.
– Et je propose qu'on conserve aussi les distributeurs de petit déjeuner et ceux du goûter.
Un silence effaré accueillit cette dernière remarque.
– Je rêve, Thierry, ou tu nous proposes un compromis ? lança Jessica depuis la foule.
– En effet, intervint Blanco au micro. Et je suis aussi impressionné que toi.
Il se tourna vers Thierry :
– Aimerais-tu ajouter quelque chose, Thierry ?

– Oui... Je vais vous dire encore une fois ce que je pense de l'école...
Et là, il glissa une main sous son aisselle et fit un bruit dégoûtant.
– J'aurais dû m'en douter, grommela Blanco.

36

Le lendemain du vote, nous étions dans la rue, devant chez Andy.
– J'ai entendu dire que Pondu a remis sa machine en marche, annonça Josh. Il a même installé un commutateur, qui permet soit d'échanger les corps, soit de réduire les têtes.
– Dommage ! On ne pourra plus appeler Blanco Jivaro ! soupirai-je tout en ajustant mes protège-coudes.
– Oui, mais avoue qu'on a bien rigolé, dit Josh en mettant son casque.
Jessica et son amie Cathy arrivèrent à cet instant.

– Qu'est-ce que vous fabriquez, les gars ? lança ma sœur.

– Andy veut qu'on essaie de rouler en arrière à trois sur son VTT, répondis-je.

– Vous avez raison ! C'est essentiel pour l'avenir de l'humanité, commenta Jessica avec un clin d'œil à son amie.

– Alors, le compromis te convient ? lui demandai-je.

– Le plus important est de savoir si cela vous plaît, à vous.

– Bien sûr, on a le meilleur des deux mondes.

Andy, qui sortait de son garage en poussant son VTT, s'arrêta net :

– Qu'est-ce que tu racontes ! Il n'y a qu'un seul monde.

– C'est une figure de style, tête d'endive !

– Depuis quand les styles ont-ils des figures ? demanda Josh.

– Houba-houba, fit Andy, hilare, en imitant le chimpanzé.

– Les styles n'ont pas de figure, pauvre andouille ! Revenons à nos moutons.

– Les moutons, eux, ont des figures, insista Josh.

– On s'éloigne du sujet…

– Quel sujet ?

– Tu es en quelle classe, déjà ? lançai-je, narquois.

– En CPPA, dit Andy.

– Quoi ? fit Josh.
– Classe préparatoire des pauvres abrutis.
– Laisse tomber, grogna Josh.
– On n'est pas encore montés…
– Sur quoi ?
– Sur le VTT…
– Pourquoi ?
– Si tu veux qu'on tombe, il faut d'abord monter dessus…
– Bien vu, commentai-je.
– Qu'est-ce que tu as vu ? fit Josh.
– Bon, soupirai-je. Allons-y…
– Où ça ?

FIN

── **EXTRAIT** ──

Et pour **délirer** encore,
lis cet extrait
de
PIÉGÉ
DANS LE CORPS
D'UNE STAR !
de Todd Strasser

EXTRAIT

– Et maintenant, un bras roulé à l'aveuglette ! annonçai-je.

Mes amis Josh Hopka et Andy Kent me regardèrent comme si j'étais fou. On jouait au basket dans la cour de l'école avant le début des cours.

– Un bras roulé à l'aveuglette ? répéta Josh, goguenard. Dans tes rêves !

– Attends de voir...

Je tournai le dos au panneau de basket et envoyai la balle... qui entra directement dans le panier.

EXTRAIT

Comme toujours quand je réussis un truc, j'esquissai un petit pas de danse.

– Incroyable ! grogna Andy avec une mine dégoûtée.

– Hé, les gars ! Vous connaissez la grande nouvelle ? cria soudain Alex Silver en arrivant au pas de course.

Alex est avec nous en classe. Il est sympa, mais un peu pénible parfois.

– Jack vient de réussir un tir impossible, dit Josh.

– Non, c'est autre chose, dit Alex. De toute façon, vous ne trouverez jamais…

Ah oui ? On releva aussitôt le défi.

– L'oiseau-mouche est le seul animal à sang chaud qui vole en arrière ? tenta Josh.

– Non…

– La science a enfin trouvé pourquoi on sent des pieds ? hasarda Andy.

– Non plus.

– Les cannibales ne mangent pas de clowns parce

EXTRAIT

qu'ils ont un drôle de goût ? dis-je, tentant ma chance.
Alex me lança un regard ahuri :
– Quoi ?
– Oublie ça, fit Josh avec un haussement d'épaules. Alors, c'est quoi, ta grande nouvelle ?
– Ils vont tourner un film ici, à Jeffersonville ! annonça Alex, très excité.
– Qui ça : ils ? demanda Josh.
– Ceux qui ont fait la série des *Démangeaisons mortelles*.
Démangeaisons mortelles était une suite de trois films d'horreur avec dans le rôle principal Eric Lake, un adolescent supermignon qui faisait craquer toutes les filles. Dans chacun de ses films, Eric Lake se retrouvait couvert des pieds à la tête par des insectes grouillants.
– Pourquoi voudraient-ils faire un film ici ? s'étonna Andy.
– On ne sait pas, répondit Alex. Mais Julia Sax a

parlé hier avec quelqu'un de la compagnie de production.
— Et alors? demanda Josh d'un air blasé.
Alex sursauta :
— Vous ne trouvez pas ça génial?
— Tu sais, tant qu'on ne joue pas dedans…, intervint Andy.
— C'est sûr, approuva Josh. Ils n'emploient que des acteurs professionnels. Et il y aura sûrement un service d'ordre musclé pour nous tenir à l'écart.
— Il a raison, Alex, admis-je. Au début, ça paraît bien. Mais quand tu y réfléchis, c'est plutôt nul.
Les épaules d'Alex s'affaissèrent d'un coup :
— Je n'avais pas pensé à ça, soupira-t-il, franchement déçu.
Driing!
La sonnerie du début des cours retentit à cet instant.
— Désolé de briser tes rêves, Alex, dis-je en lui tapotant l'épaule. Mais aucun de nous ne deviendra célèbre.

EXTRAIT

On se fichait complètement de ce tournage, mes amis et moi. Mais le reste de l'école était d'un autre avis. Même les profs se retrouvaient à l'interclasse pour en parler avec animation.
Le midi au réfectoire, il n'était plus question que du film d'Eric Lake.
– Je ne vois pas ce qui les excite autant, grogna Josh.
– Franchement, renchérit Andy, tout ce bruit pour un navet...

EXTRAIT

Amber Sweeny déposa son plateau à quelques sièges de nous. Amber est la fille la plus mignonne et la plus sympa de notre classe.

– Vous connaissez la dernière ? nous lança-t-elle. Ils vont prendre des élèves de notre école comme figurants.

– Des figurants de quoi ? demanda Andy.

– Des figurants pour le film, banane ! répliqua Amber. Tu sais, les gens qu'ils emploient quand ils ont besoin d'une foule qui marche dans la rue ou qui s'enfuit devant un monstre.

– Des gens de notre école ? répéta Andy, interloqué.

– Impossible, déclara Josh.

– Je t'assure, insista Amber. La mère d'Amanda Gluck, qui travaille à la *Gazette de Jeffersonville*, a reçu un appel. La compagnie de production voulait passer une annonce pour rechercher des figurants.

Josh et Andy échangèrent un regard et s'écrièrent :

EXTRAIT

– On va être célèbres !

Ils bondirent dans l'allée du réfectoire et se mirent à danser en improvisant un rap :

« C'est génial, c'est super, on va être acteurs !
Attention, les cocos, on va faire un malheur !
C'est délire, c'est extra, convoquez les médias !
C'est géant, c'est trop top ! Bonjour, la starmania ! »

**Découvre vite la suite de cette histoire
dans
PIÉGÉ DANS LE CORPS
D'UNE STAR !
N° 228 de la série**

201. Sauve qui peut, voilà les Herdman !
202. Piégé dans le corps du prof !
203. Le président perd les pédales
204. Ça pétarade chez les pirates
205. Sale temps pour la maîtresse !
206. Les poilantes aventures de René le virus
207. Ta mère est une Neandertal
208. Le chouchou de madame
209. Du rififi chez les Ronchon
210. Piégé dans le jour de la rentrée !
211. Piégé dans le corps du chien !
212. Hamsterreur
213. Ça déménage classe 104 !
214. Tire au but, P'pa !
215. Vive la mariée !
216. Dur dur d'être un héros !
217. Blagues et gags pour rigoler à la récré
218. Piégé dans le corps du prof de gym !
219. Le bon, la brute et l'andouille
220. Piégé dans le corps de ma sœur !
221. Vive les crapules !
222. Piégé le premier jour de la colo !
223. Qui a peur des kidnappeurs ?
224. Piégé dans le corps du président !
225. Jennifer, l'enfer !
227. Le manuel des farceurs
228. Piégé dans le corps d'une star !
229. Un chien trop bavard
230. Baby-sitter, l'horreur !
231. L'amour toujours
232. Piégé dans le corps de la dame de cantine !

Impression réalisée sur CAMERON par

BRODARD & TAUPIN

GROUPE CPI

La Flèche

en septembre 2000

Imprimé en France
Dépôt légal : octobre 2000
N° d'Éditeur : 6300 – N° d'impression : 3587